Goosebumps®

Goosebumps®

Goosebumps®
雞皮疙瘩 19

木偶驚魂Ⅲ
Night of the Living Dummy Ⅲ

R.L. 史坦恩（R.L.STINE）◎著
孫梅君◎譯

致台灣讀者

讀者們，請小心……

我是Ｒ・Ｌ・史坦恩，歡迎到「雞皮疙瘩」的可怕世界裡來。

你是否曾在深夜裡聽到過奇怪的嚎叫？你是否曾在黑暗中聽到腳步聲——卻根本看不到人？你是否見過神祕可怖的陰影，幽幽暗處有眼睛在窺視著你，或者身後有聲音叫你的名字？

如果是這樣，你應該了解那種奇特的發麻的感覺——那種給你一身雞皮疙瘩、被嚇呆的感覺。

在這些書裡，幽靈在閣樓上竊竊低語；膽顫心驚的孩子忽而隱形；稻草人活了，在田野裡走來走去；木偶和布娃娃也有生命，到處嚇人。

當然，這些都是磨礪心志的好玩的嚇人事。我希望你們感到害怕，同時也希望你們大笑。這都是想像出來的故事。當然，最可怕的地方在你們自己心裡。

過個害怕的一天吧！

Goosebumps 雞皮疙瘩

出版緣起

人生從奇幻冒險開始

城邦媒體集團首席執行長 何飛鵬

我的八到十二歲是在《三劍客》、《基度山恩仇記》、《乞丐王子》中度過的。可是現在的小孩有更新奇的玩具、電玩、漫畫，以及迪士尼樂園等。

八到十二歲，正是孩子從字數極少、以圖畫為主的繪本閱讀，跨越到漸漸以文字閱讀為主的時期。也正是訓練孩子從圖像式思考，轉變成文字思考的重要階段。在這個階段，養成長期的文字閱讀習慣，能培養孩子敘事、分析、推理的邏輯思辨能力，奠定良好的寫作實力與數理學力基礎。

然而，現在的父母擔心，大環境造成了習於圖像、不擅思考、討厭文字的一代。什麼力量能讓孩子重回閱讀的懷抱呢？

全球銷售三億五千萬冊的「雞皮疙瘩」，正是為了滿足此一年齡層的孩子的需求而誕生的！

無論是校園怪奇傳說、墓地探險、鬼屋驚魂，或是與木乃伊、外星人、幽靈、吸血鬼、殭屍、怪物、精靈、傀儡相遇過招，這些孩子們的腦袋裡經常出現的角色或想像，經由作者的生花妙筆，營造出一個個讓孩子們縱橫馳騁的魔幻時空、光怪陸離的神奇異界，經歷各種危急險難，最終卻又能安全地化險爲夷。這樣的冒險犯難，無論男孩女孩，無不拍案稱奇、心怡神醉！

本系列作品被譯爲三十二種語言版本，並在全球數十個國家出版，創下了出版史上多項的輝煌紀錄，廣受世界各地孩子的喜愛。作者史坦恩表示，這套作品之所以成功，是因爲多年的兒童雜誌編輯工作，讓他對兒童心理和兒童閱讀需求有了深刻理解——他知道什麼能逗兒童發笑，什麼能使他們戰慄。

我們誠摯地希望臺灣的孩子也能和世界上其他的孩子一樣，有更豐富多元的閱讀選擇。更希望藉由這套融合驚險恐怖與滑稽幽默於一爐，情節緊湊又緊張的「雞皮疙瘩系列叢書」，重拾八到十二歲孩子的閱讀興趣，從而建立他們的閱讀習慣，擁有一個快樂學習的童年。

現在，我們一起繫好安全帶，放膽體驗前所未有的驚異奇航吧！

專文推薦

戰慄娛人的鬼故事

國立臺北教育大學語文與創作系兒童文學教授
廖卓成

這套書很適合愛看鬼故事的讀者。

文學的趣味不止一端，莞爾會心是趣味，熱鬧誇張是趣味，刺激驚悚也是趣味。有人擔心鬼故事助長迷信，其實古典小說中，也有志怪小說一類，《聊齋誌異》就有不少鬼故事。何況，這套書的作者開宗明義的說：「這都是想像出來的故事」，不必當眞。

既然恐怖電影可以看，看鬼故事似乎也無妨；考試的書讀久了，偶爾調劑一下，對頭腦卻是有益。當然，如果看鬼片會連續失眠，妨害日常生活，那就不宜勉強了。

雋永的文學作品，應該有深刻的內涵；但不少兒童文學作品說教有餘，趣味不足。只要有趣味，而且不是害人爲樂的惡趣，就是好的作品。鮑姆（Baum）在《綠野仙蹤》的序言裡，挑明了他寫書就是爲了娛樂讀者。

倒是內行的讀者，不妨考校一下自己的功力，留意這套書的敘事技巧，由主角「我」來講故事，有甚麼效果？書中衝突的設計與化解，是否意想不到又合情合理？能不能有不同的設計？會不會更好？這是另一種引人入勝之處。

導讀

結局只是另一場驚嚇的開始

臺北藝術節藝術總監
臺北藝術大學戲劇系兼任助理教授
耿一偉

不知道大家還記不記得，小時候玩遊戲，比如捉迷藏等，都會有一個人要當鬼。鬼在這個遊戲中很重要，沒有鬼來捉人，遊戲就不好玩。這些遊戲的關鍵特色，不是人要去消滅鬼，而是要去享受人被鬼追的刺激樂趣。所以當鬼捉到人後，不是遊戲就結束，而是下一個人要去當鬼。於是，當鬼反而是件苦差事，因為捉人沒有樂趣，恨不得趕快找人來替代。所以遊戲不能沒有鬼，不然這個遊戲就不好玩了。

在史坦恩的「雞皮疙瘩系列」中，這些鬼所扮演的角色也是類似遊戲中的鬼，給我帶來閱讀與想像的刺激。各位讀者如果留意一下，會發現在他的小說中，都有一個類似的現象，就是結局往往不是一個對抗式的終局，一種善惡誓不兩立，以消滅魔鬼為最終目標的故事──這比較是屬於成人恐怖片的模式，不是你死，就是人類全部變殭屍。但「雞皮疙瘩系列」中，你的雞皮疙瘩起來了，可是結尾的時候，鬼並不是死了，而是類似遊戲一樣，這些鬼換了另一種角色，而且有下一場遊戲又要繼續開始的感覺。

礙於閱讀的樂趣，我無法在此對故事結局說太多，但各位看完小說時，可以再回想我在這裡說的，就知道，「雞皮疙瘩系列」跟遊戲之間，的確有類似性。換另一個角度來看，這些主角大多爲青少年，他們在生活中碰到的問題，如搬家面對新環境、男生女生的尷尬期、霸凌、友誼等，都在故事過程一一碰觸。

「雞皮疙瘩系列」令人愛不釋手的原因，也在於表面上好像主角是鬼，但讀到一半，你會感覺到，故事的重點不知不覺地從這些鬼怪轉移到那些被追的青少年身上，鬼可不可怕不是重點，重點是被追的過程中，一些青少年生活中的苦悶，也被突顯放大，甚至在故事中被解決了。所以你會在某種程度感受到，這本書的內容是在講你，在講你的生活，在講你的世界，鬼的出現，只是把這些青春期的事件給激化了。

另一個有趣的現象，是從日常生活轉入魔幻世界的關鍵點，往往發生在父母不在身邊，然後主角闖入不熟識空間的時候——比如《魔血》是主角暫住到姑婆家、《吸血鬼的鬼氣》是闖入地下室的祕道、《我的新家是鬼屋》是新家的詭異房間……等等。

因爲誤闖這些空間，奇怪的靈異事件開始打斷平凡無趣的日常軌道，一段冒險展開了，一場你追我跑的遊戲開始進行，而父母們往往對此毫無所悉，不知道自己的兒女在故事結束時，已經有所變化，變得更負責任，更勇敢。

「雞皮疙瘩系列」的意義，也在這個地方。在平凡無奇充滿壓力的青春期校園生活中，有那麼多不快樂、有那麼多鬼怪現象在生活中困擾著我們，但這無法跟家長說，因爲他們不能理解，他們看不到我們看到的。但透過閱讀，透過想像力所引發的鬼捉人遊戲，這些不滿被發洩，這些被學校所壓抑的精力被釋放了。

幸好有這些鬼怪的陪伴，日子不再那麼無聊，世界可以靠自己的力量改變。

終究，在青少年的世界裡，鬼怪並不是那麼可怕，在史坦恩的小說中，也往往會有主角最後拯救了這些鬼怪的情形，彷彿他們不是惡鬼，而比較像誤闖人類世界的外星人……這也是青少年的焦慮，他們正準備降臨成人世界，這件事讓他們起了雞皮疙瘩！！

這句英文怎麼說

通往我家閣樓的樓梯又窄又陡。
The stairs up to my attic are narrow and steep.

1.

通往我家閣樓的樓梯又窄又陡。當你的腳踏上第五級的台階，它會鬆脫晃動。其他每一級階梯也都吱吱嘎嘎的發出呻吟般的聲音。

我們整棟屋子都會吱嘎作響。這是一棟很大的老房子，彷彿快要解體似的。但是爸媽沒有錢修理它。

「崔娜——快點！」我弟弟丹低聲喊道。他的聲音在陡窄的樓梯間迴響著。

丹今年十歲，總是匆匆忙忙的。他很矮，而且瘦不拉嘰的。我覺得他長得像隻老鼠。他有著褐色的短髮、深色的眼睛，還有個窄小的尖下巴。而且他老是急匆匆的跑來跑去，活像隻找地方躲藏的老鼠。

有時我會叫他「老鼠」。你知道，就像個綽號。丹很討厭我這麼喊他，所以

我只有在要故意惹惱他的時候，才會喊他老鼠。

丹跟我看起來完全不像姊弟。我個子很高，有一頭卷曲的紅髮和一雙綠眼睛。我有點胖乎乎的，但是媽媽要我別煩惱這件事，她說等我到了十三歲或許就會瘦下來了，也就是今年八月。

不過至少從來沒人喊我「老鼠」！就說一件事吧，我比丹勇敢得多。

你得有點膽量才敢爬上我家的閣樓。並不是因爲樓梯會吱嘎叫，或是風會颼颼的從閣樓的窗戶灌進來、吹得玻璃咯咯作響，也不是因爲那兒燈光幽暗，或是那些陰影以及佈滿裂痕的低矮天花板。

你必須有點膽量，因爲那些眼睛。

有好幾十隻眼睛從黑暗中凝視著你。

那些眼睛向來眨也不眨，只是在詭異而凝重的靜默中凝視著你。

丹在我前頭爬上閣樓。我聽見他在嘎嘎作響的木頭地板上走了幾步，然後便停了下來。

我知道他爲什麼停下來。他正在凝視那些眼睛、那些咧著大嘴的笑臉。

這句英文怎麼說

丹在我前頭爬上閣樓。
Dan reached the attic ahead of me.

我躡手躡腳的溜到他身後，把臉貼到他耳朵旁邊，大喊一聲：「嚇！」他並沒有跳起來。

「崔娜，妳差不多跟一塊發霉的濕海綿一樣有趣。」他說道，一邊把我推開。

「我覺得濕海綿挺有趣的呀！」我承認，我真的很喜歡惹惱他。

「妳再硬拗嘛！」丹嘀咕著。

「好呀！」我抓住他的手臂，假裝要拗斷他的胳臂。

我知道這很蠢啦，但是我和我老弟總是這樣打打鬧鬧的。

老爸說我們沒有遺傳到他的幽默感，但是我覺得我們或許有。

爸爸目前經營一間小照相器材店，但他以前是個腹語表演家。你知道的，就是跟木偶搭檔表演逗趣節目的藝人。

丹．歐戴爾與韋柏。

那是他節目的名稱。

韋柏是那個木偶，要是你沒猜到的話。丹．歐戴爾就是我老爸囉。

我弟弟叫做小丹，丹二世。但是他很討厭「二世」這個詞兒，所以沒人這麼叫他——除了我，當我眞的想要把他氣得發飆的時候！

「有人沒關掉閣樓的燈。」丹指著天花板上的燈說道。那是整間閣樓唯一的一盞燈。

我們的閣樓是個大房間，兩側都有窗戶，但都覆滿了灰塵，沒有什麼光線透進來。

丹和我走過房間，木偶全瞪視著我們，眼睛又大又空洞。它們木製的臉孔多半有個咧開的大嘴。有些木偶下巴掉了下來，張著嘴。還有一些腦袋垂了下去，因此看不見它們的臉。

韋柏——爸爸的第一個木偶，原版的韋柏——坐在一張老舊的扶手椅上，雙手垂掛在扶手旁邊，腦袋則歪靠在椅背上。

「韋柏看起來眞像老爸在打盹兒！」丹笑了起來。

我也笑了。韋柏有一頭褐色短髮，戴著黑框眼鏡，加上傻氣的笑容，看起來眞的很像老爸！

這只老木偶身上黑黃格子的西裝外套已經嚴重磨損，但它的臉剛剛上過漆，

這句英文怎麼說

有人沒關掉閣樓的燈。
Someone left the attic light on.

黑色的皮鞋也閃亮如新。它的一隻木手的大拇指有些缺損，但是就一個這麼老的木偶來說，它看起來算很稱頭了。

爸爸將所有的木偶都保養得不錯，他稱這個閣樓爲他的「木偶博物館」。他收藏了大約一打的舊木偶，散置在整個房間內。

他把所有的閒暇時間都花在修整木偶上，爲它們上漆、給它們裝上新的假髮、製作新外套和長褲，還要保養木偶的內部，以確保它們的眼睛和嘴巴都能確實的動作。

這些日子，爸爸並不常施展他的腹語術。有時候他會帶個木偶到小孩的生日派對上表演，有時候鎮上的人會邀請他在派對上演出，爲學校或圖書館募款。

但是大部分的時間，這些木偶都只是坐在這兒，彼此大眼瞪小眼。

它們當中有些靠著閣樓的牆壁，有些癱坐在沙發上。還有一些雙手交叉、擱在膝蓋上，坐在摺疊椅裡。韋柏是唯一有幸擁有專屬扶手椅的。

當我和丹還小的時候，我們很怕上閣樓來。我不喜歡那些木偶瞪著我看的樣子，我覺得它們的笑容很邪門。

丹喜歡把手伸進它們背後，挪動木偶的嘴巴，讓它們說些嚇人的話。

「我會逮到妳的，崔娜！」他會讓洛基咆哮著說。

洛基是一個面目乖戾的木偶，臉上掛著冷笑，而非微笑。它身穿紅白條紋的T恤和黑色牛仔褲，活像個小混混。它的長相真的很凶惡。

「我今晚要去妳房間，崔娜。納命來！」

「住口，丹！別再鬧了！」我會大聲尖叫，然後衝到樓下，向媽媽告狀丹在嚇唬我。

那時候我大概是八、九歲。

我現在大得多了，也勇敢得多。但是爬上這兒還是會讓我有些發毛。

我知道這滿蠢的，但有時候我會想像這些木偶會聚在一塊兒，有說有笑的交談著。

有時候，當我深夜躺在床上時，頭頂的天花板會咯吱作響。

是腳步聲！我會想像那些木偶在閣樓上走來走去，笨重的黑鞋「咚咚」的敲著地板。

這句英文怎麼說

我會想像那些木偶在閣樓上走來走去。
I picture the dummies walking around in the attic.

我會想像它們在舊沙發上扭打，或是瘋狂的玩著接球遊戲，它們的木頭手掌接到球時，便發出「啪」的一聲。

很蠢吧？當然。

但是我沒辦法不去想。

它們理當是些滑稽的小傢伙，但是它們令我害怕。

我討厭它們眼睛眨也不眨、直楞楞的瞪視著我的樣子。我也討厭凍結在它們臉上、咧著鮮紅大嘴的笑容。

丹和我之所以到閣樓上來，是因爲丹喜歡上來玩木偶，而我也想看看老爸把它們整修成什麼樣子。

但是我眞的不喜歡一個人上到閣樓來。

丹拿起了露西小姐。它是那堆木偶中唯一的女生，有著卷曲的金髮和明亮的藍眼睛。

丹把手伸進木偶背後，將它擱在腿上。「嗨，崔娜！」他讓木偶用一種又高又尖的聲音說道。

丹正打算讓它開口說些別的，卻突然打住，下巴掉了下來——就像木偶那樣——指著房間對面。

「崔娜——妳……妳看！」丹結結巴巴的說。「妳看那兒！」

我連忙轉頭，看見了洛基——那個相貌乖戾的木偶——眨了眨眼睛。

那個木偶傾身向前，發出冷笑，我不禁倒抽了一口氣。

「崔娜，納命來！」它咆哮道。

這句英文怎麼說

你從頭到尾都知道爸爸在這兒？
Did you know Dad was here the whole time?

2.

我驚呼一聲，往後一跳。

我急忙轉身，準備衝向樓梯——卻瞥見丹正笑得人仰馬翻。

「嘿——！」我氣憤的喊道：「這究竟是怎麼回事？」

我轉過身來，看見爸爸正從洛基的椅子背後站起來，一隻手上提著洛基。爸爸的嘴巴笑得跟木偶一樣開。

「嚇著妳啦！」他用洛基的聲音喊道。

「你知道老爸在椅子後頭是嗎？你從頭到尾都知道爸爸在這兒？」我氣沖沖的找老弟興師問罪。

「當然囉。」丹點點頭回道。

「你們兩個都是蠢木頭！」我喊道。我惱怒的嘆了口氣，用雙手把一頭紅髮撩到腦後。「眞是蠢斃了！」

「但是妳上當了呀！」丹反脣相譏，朝爸爸咧嘴笑著。

「這兒哪個人是木偶呀？」爸爸讓洛基說道：「嘿──是誰在替你拉線呀？我可不是木偶──敲敲木頭，好運臨頭！」

丹笑了，但我只是搖了搖頭。

爸爸不肯罷休。「嘿──到這兒來！」他讓洛基說道：「替我抓抓背，我想我身上招白蟻了！」

我讓步了，笑了起來。這個笑話我聽過一百萬遍了，但我知道要是我不笑的話，老爸會一直嘗試下去。

他的腹語說得非常好，你永遠看不見他的嘴脣在動，但是他的笑話說得實在很遜。

我猜就是因爲這樣，所以他只好放棄表演，改行賣照相機。不過我不確定詳情如何，這些全是我出生以前的事了。

這句英文怎麼說

爸爸在這兒設了個小工場。
This is where Dad has his workshop.

爸爸將洛基放回椅子上，那木偶朝上對著我們冷笑。眞是個不討喜的木偶呀，它爲什麼就不能像其他木偶一樣微笑呢？

爸爸把眼鏡往鼻樑上方推了推。「到這兒來，」他說道：「給你們看一樣東西。」

他一隻手搭在我肩上，另一隻手搭著丹，領著我們走向這間大閣樓的另一頭。爸爸在這兒設了個小工場——他的工作檯及所有修理木偶的工具和材料全在這兒。

爸爸伸手到工作檯底下，拉出一個大大的褐色購物紙袋。從他臉上的微笑，我已經猜到裡頭裝的是什麼了。但我什麼話也沒說，免得破壞他要給我們的「驚喜」。

爸爸慢慢的、小心翼翼的把手伸進購物袋中。當他從裡頭拉出一個木偶時，笑得更開心了。

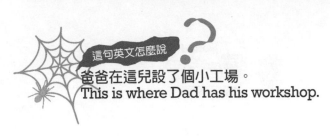

「嘿，孩子們——瞧瞧這個！」爸爸大聲說道。

那木偶被摺疊起來放在紙袋裡，爸爸將它平放在工作檯上，小心的攤開它的手臂和雙腿。他看起來就像正要開始動手術的外科醫生。

「我是在垃圾桶裡發現它的，」他告訴我們：「你們相信有人就這樣把它扔掉嗎？」

他將木偶微微抓起，好讓我們看見它。我跟著丹往工作檯挨近了些，好看得清楚點。

「它的頭裂成了兩半，」爸爸一隻手撐在木偶的脖子後面，說道：「但是我只花了兩秒鐘就修好了。上點膠就搞定了。」

我斜靠過去，仔細打量老爸的新寶貝。它頭頂漆著棕色的卷髮，臉孔有點奇怪。表情很緊繃。

它的眼睛是明亮的藍色，還隱隱發出微光，有點像真人的眼睛。這木偶的嘴唇漆成鮮紅色，向上彎成微笑。

醜陋的微笑，我心想。那微笑看來有些惡毒，令人討厭。

它下唇的一邊缺了一塊，跟上唇搭不太起來。

這木偶穿著一件灰色的雙排釦西裝，底下是白色的襯衫領。領子是用U形

這句英文怎麼說

我可以用木料填充液把它補起來。
I can fill that in with some liquid wood filler.

釘在它的脖子上的。

它並沒有穿襯衫，而是在木製的胸膛漆上了白色。腳上那雙黑色的大皮鞋磨損得很厲害，掛在它那穿著灰色長褲的瘦腿上。

「你們能相信有人就這樣把它扔進垃圾桶嗎？」爸爸又說了一遍。「它很棒吧？」

「是呀，很棒。」我喃喃的應道。我一點也不喜歡這個新木偶。我不喜歡它的臉，不喜歡它那藍眼睛閃閃發光的樣子，不喜歡它那邪門的微笑。

丹一定也有同感。「它看起來有點凶悍。」丹拿起木偶的一隻木手，那上頭布滿了深深的刮痕，指根關節滿是碰撞和敲擊的痕跡，彷彿這木偶曾跟人大打一架似的。

「總沒有洛基凶悍吧，」爸爸回答道：「不過它的笑容的確很古怪。」他摳了摳木偶唇上的小缺口。「我可以用木料填充液把它補起來，然後把整張臉重新油漆一遍。」

「這木偶叫什麼名字？」我問道。

「問倒我了，或許我們可以叫它『笑面仔』。」爸爸聳聳肩並說道。

「笑面仔？」我做出作噁的表情。

爸爸正要開口回答，但是樓下的電話響了。一聲、兩聲、三聲。

「我猜你媽還在學校開會，」爸爸邊說道，邊跑向樓梯。「我最好去接電話。我不在的時候可別亂動笑面仔。」他消失在樓梯上。

我用雙手小心翼翼的捧起那木偶的頭。「老爸黏得還真不賴。」我說道。

「他下回該修理、修理妳的腦袋。」丹施展他的毒舌。

老套啦！

「我不覺得笑面仔這個名字適合它。」丹說著，把木偶的兩隻手掌拍了拍。

「那麼丹二世怎麼樣？」我提議道：「或是丹三世？」

「老爸現在有幾個木偶啦？」他不理會我，回頭望著閣樓那頭其他的木偶，快速的數著。

我數得更快。「加上這個就是十三個。」我說道。

「哇，這是個不吉利的數字耶！」丹睜大雙眼說。

這句英文怎麼說

我想你唸顛倒了吧！
I think you read it upside down!

「嗯，如果把你也算上，就有十四個了。」我說道。

這下整到你了，丹尼小子！

丹朝我吐了吐舌頭，把木偶的手放在它的胸口上。

「嘿——那是什麼？」他將手伸進木偶灰西裝的口袋中，拉出一張摺著的紙條。

「或許上頭寫著木偶的名字。」我說道，一把將紙片從丹的手中搶了過來，舉在面前，展開紙條開始讀上頭的字。

「怎麼樣？」丹試圖把紙條搶回去，但是我閃開了。「它叫什麼名字？」

「上頭沒寫，」我對丹說：「只有一些古怪的文字。外國字，我猜。」

我默默動著嘴唇，努力讀著這些字。然後我將它們唸出來：「卡魯、瑪里、歐多那、羅嘛、摩羅努、卡雷諾。」

「這到底是什麼意思呀？」他瞪大了眼睛並喊道。

他將紙條從我手上搶走。「我想妳唸顛倒了吧！」

「不可能！」我反駁道。

我低頭看著那尊木偶。

它玻璃般的藍眼睛朝上瞪視著我。

然後它的右眼緩緩闔上。

那木偶在對我眨眼！

接著它的左手筆直的朝上揮出——摑了我一記耳光。

這句英文怎麼說

他打了我一巴掌！
He slapped me!

3.

「嘿——！」我大喊。

一陣劇痛竄過我的下顎，我猛然向後一縮。

「妳又哪根筋不對啦？」丹從紙片上抬起眼睛，問道。

「你沒看見嗎？」我尖聲喊道，「它……它打了我一巴掌！」我揉著臉頰。

「是喲，的確。」丹翻翻白眼。

「不——我是說眞的！」我喊道：「它先是朝我眨眼，然後打了我一巴掌。」

「試試別招吧，」丹哼了一聲。「妳很討厭耶，崔娜。妳上了老爸的當，並不表示我就會上妳的當。」

「但我說的是實話！」我堅稱道。

「怎麼回事呀，孩子們？」我抬眼一瞥，看見爸爸的腦袋從樓梯的頂端冒了出來。

丹摺起那張紙片，將它塞回木偶的外套口袋中。「沒什麼。」他對爸爸說道。

「爸爸——這個新木偶！」我仍然揉著作痛的下顎，喊道：「它剛剛摑了我一巴掌！」

爸爸笑著說：「抱歉，崔娜。妳的玩笑得再高明一點，妳可沒法唬倒唬人大王。」

「你可沒法唬倒唬人大王。」那是爸爸最愛說的一句話。

「但是，爸爸——」我住口不說了。我看得出來他不會相信我的，我甚至不確定自己相不相信剛才發生的事。

我朝下瞥了瞥那個木偶，它目光空洞的瞪著天花板，沒有半點生氣。

「我有事情要宣布，孩子們，」爸爸說道，一邊扶那個新木偶坐起來。「剛才是我哥哥——也就是你們的伯父卡爾——打電話來。他要趁著蘇珊嬸嬸出差的空檔，到我們這兒作客幾天。他會把你們的堂兄贊恩也帶來，這段時間，贊恩也

這句英文怎麼說

那是爸爸最愛說的一句話。
That's one of Dad's favorite expressions.

在放春假。」

丹和我同聲哀號起來，丹把一根手指伸進嘴裡，假裝要嘔吐。

贊恩並不是我們最喜歡的堂兄弟。他是我們唯一的堂兄弟。

他今年十二歲，但是你會以爲他只有五歲或六歲。他是個怪胎，常常流鼻水，而且膽子很小。他是個超級膽小鬼。

「嘿，別怪聲怪氣的，」爸爸斥喝道：「贊恩是你們唯一的堂兄弟，他是自家人。」

丹和我又呻吟了起來。我們就是忍不住。

「他不是個壞孩子，」爸爸繼續說道，眼睛在眼鏡後面瞇了起來，注視著我們。這意味著他是認眞的。「你們兩個得答應我一件事。」

「答應什麼？」我問道。

「你們得答應我，這次會對贊恩友善一點。」

「我們上次就對他很友善呀，」丹堅稱道：「我們有跟他講話，不是嗎？」

「你們上回把他嚇得半死，」爸爸皺起眉頭，說道：「你們騙他說這棟老房

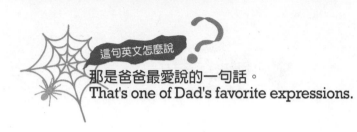

子有鬼，把他嚇得奪門而出，再也不敢進來。」

「爸爸，那只是開玩笑呀！」我抗議道。

「是呀，只是好玩嘛！」丹附和道，一邊用手肘捅捅我的肋骨。「只是鬧著玩的，是不是？」

「不好玩，」爸爸不快的說：「一點也不有趣。聽著，你們兩個——如果贊恩有點兒膽小，這也不是他能控制的。他會慢慢克服的，你們就對他好點就是了。」

丹竊笑起來。「贊恩連你的木偶都會怕耶，爸爸，你能相信嗎？」

「那就別拖他上閣樓，把他嚇得魂都沒了。」爸爸命令道。

「我們可不可以只開一、兩個小玩笑？」丹問道。

「不准開玩笑，」爸爸堅決的回答：「一個都不准。」

丹和我對望一眼。

「我要你們向我保證，」爸爸堅持道：「我是說眞的，就是現在，你們兩個都要。向我保證不會惡作劇，不會試圖嚇唬你們的堂哥。」

這句英文怎麼說

如果贊恩有點膽小，這也不是他能控制的。
Zane can't help it if he's a little timid.

「好吧，我保證。」我說道，一邊舉起右手做發誓狀。

「我也保證。」丹輕聲說道。

我瞄了他一眼，看看他的手指有沒有交叉。

沒有。

丹和我都鄭重的向爸爸保證，不會嚇唬我們的堂兄。而且我們說話算話。

但這卻是個無法遵守的承諾。

在這個星期過去之前，我們的堂兄贊恩就已經嚇得魂飛魄散了。

我們也一樣。

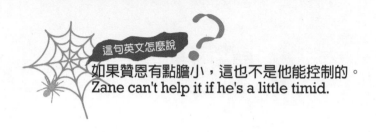

4.

當贊恩來到我們家的時候，我正在彈鋼琴。這台鋼琴被塞在屋子後邊的一個小房間裡。它是一架小小的黑色直立式鋼琴，年久失修，刮痕累累，它是我以前的音樂老師搬到克利夫蘭時，爸爸從她手中買下來的。

這架鋼琴的兩個踏瓣已經失靈，而且實在需要調音了，但我還是很愛彈它——尤其是在我感到緊張或興奮的時候，它總能讓我平靜下來。

我彈得很不錯，連丹都同意。當我彈琴時，他多半會把我推下琴凳，自己上去彈〈筷子歌〉，但他有時候也會靜靜的站在一旁聆聽。

我最近在練習一些好聽的海頓作品，還有一些簡單的蕭邦練習曲。總之，當贊恩和卡爾伯父到達的時候，我正在屋子後面埋頭彈琴。我想，再次見到贊恩是

這句英文怎麼說

我想我和丹是過分了點。
I think Dan and I went a little too far.

讓我有點兒緊張。

贊恩上回來作客的時候，丹和我眞的對他很惡劣。就像爸爸說的，贊恩一向很怕這棟老房子，而我們則竭盡所能的讓他更害怕。

我們每天晚上都在閣樓上走來走去，讓地板吱嘎作響，還輕聲假裝鬼哭。我們會在半夜溜進贊恩臥室的衣櫥，讓他以爲他的衣服在跳舞，我們還用媽媽的褲襪在他臥室的地板上投射出飄忽的鬼影。

可憐的贊恩。我想我和丹是過分了點。幾天之後，他一聽見風吹草動就會跳起來，兩眼還不停的左右瞥視，活像隻受驚的蜥蜴。

我聽見他對卡爾伯父說，他再也不要來我們家了。

丹和我把這當做笑柄，但這眞的滿惡劣的。

所以再次面對贊恩讓我有些緊張。我彈琴彈得好響，連門鈴聲都聽不見，丹還得跑來告訴我卡爾伯父和贊恩到了。

我從琴凳上跳了起來，「贊恩看起來怎麼樣？」我問我老弟。

「很壯，」丹回答道：「他長大了，長大很多，而且頭髮也留長了。」

贊恩一直是個很壯的傢伙，這就是爲什麼他做爲超級膽小鬼會讓丹和我覺得可笑無比。

他很壯碩，渾身肌肉。他個子不高，體格有點像牛頭犬。一頭健壯的金髮牛頭犬。

我猜他其實算是挺好看的，有圓圓的藍眼、卷曲的金髮，還有陽光般的笑容。他看起來像運動員或是有在練健身的人。他真的完全不像膽小鬼。

這就是爲什麼看見他瑟縮著發抖會這麼過癮，或是看他像個嬰兒般哀號，嚇得面無血色的跑去找他爸媽。

我跟著丹穿過後廊。「贊恩有跟你說什麼嗎？」我問道。

「只說了聲『嗨』。」丹回答道。

「是友善的『嗨』還是不友善的『嗨』？」我追問。

丹還來不及回答，我們就來到前廳了。

「嘿——」卡爾伯父熱情的打招呼，伸出雙臂要擁抱我。

卡爾伯父長得很像花栗鼠，他身材瘦小，有張圓臉，小鼻子不住抽動，兩顆

這句英文怎麼說

你看起來真的很吃驚。
You looked really surprised.

門牙從上唇底下冒出來。

「你們長得好高囉！」他一邊擁抱我，一邊喊道：「妳長大好多呀，崔娜！」

爲什麼大人們總要讚嘆小孩子長了多高呢？他們就想不出別的台詞嗎？

我看見爸爸正將兩件沉重的行李抬上樓梯。

「我不知道你們餓不餓，」媽媽對卡爾伯父說道：「所以我準備了一些三明治。」

我轉過身要跟贊恩打招呼。一道刺眼的白光亮起，我不禁驚呼。

「別動，再來一張。」我聽見贊恩說道。

我快速眨眼，努力把那道白光的殘影從眼中除去。當我終於能夠看清楚時，只見贊恩將一台照相機舉在臉前。

他按下快門，又是一道刺眼的亮光。

「這張不錯，」他說道：「妳看起來眞的很吃驚。我只喜歡拍自然的照片。」

「贊恩對攝影非常入迷。」卡爾伯父驕傲的露齒而笑，說道。

「我快瞎了！」我揉著雙眼喊道。

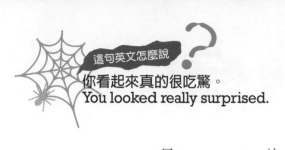

「這間屋子太暗了，我需要更多的光源。」贊恩說道。他低頭看著照相機，調整相機的鏡頭。

爸爸拖著腳步走下樓梯，贊恩轉過身去，給他拍了一張照片。

「贊恩最近十分熱中攝影。」卡爾伯父對爸爸說道：「我告訴他或許你店裡會有一、兩台舊相機可以給他。」

「嗯……或許吧。」爸爸回答道。

卡爾伯父的收入比爸爸高得多，但他每次來訪，總會向爸爸要東要西。

「這相機不錯，」爸爸對贊恩說道：「你喜歡拍哪類的照片呢？」

「自然的人像，」贊恩回答，一邊將他的金髮往後拂開。「我也拍了不少靜物照。」他踏進走廊，給樓梯欄杆拍了張特寫。

丹靠了過來，朝我的耳朵低聲說道：「他還是那麼討人厭，我們這回再好好嚇嚇他。」

「不可以！」我耳語著回答：「這次不可以嚇唬他。我們答應過爸爸的，記得嗎？」

這句英文怎麼說

我也拍了不少靜物照。
And I take a lot of still lifes.

「我在地下室設了間暗房，」爸爸對贊恩說道：「有時候我會把店裡的沖洗工作帶回來。如果你想要的話，這個星期你可以使用那間暗房。」

「太棒了！」贊恩回答。

「我告訴贊恩說或許你會有多餘的相紙可以送他。」卡爾伯父對爸爸說道。贊恩舉起相機，又拍了一張照片，然後他轉向丹。「你還是那麼愛打電玩嗎？」他問道。

「是呀，」丹回答：「多半是打運動電玩，我買了新版的『NBA灌籃秀』，現在正在存錢買三十二位元的新遊戲機。你還玩電玩嗎？」

「自從我有了照相機後，就不玩了。我實在沒有時間打電玩。」贊恩搖搖頭說道。

「大夥兒來吃點三明治吧？」媽媽問道，一邊往飯廳走去。

「我想我還是先去打開行李好了，」卡爾伯父對她說，「贊恩，你也該去整理東西了。」

我們分頭行動。丹和爸爸消失在某處，卡爾伯父和贊恩上樓去整理行李——

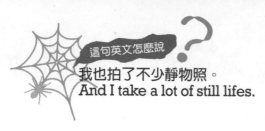

我們這間老舊的大房子有許多空房間。

當我正要走進廚房幫媽媽端三明治時，突然聽見贊恩的尖叫聲。

從樓上傳來的刺耳尖叫。

驚恐的尖叫。

這句英文怎麼說

我快步向他奔去。
I hurried over to him.

5.

媽媽倒吸了一口氣，手中的三明治盤掉落在地上。

我急忙轉身，往前廳跑去。

爸爸已經爬上半截樓梯。「怎麼回事？」他喊道：「贊恩——你怎麼啦？」

當我爬上二樓時，看見丹踏出他的房門，贊恩則站在走廊上，有個人身子攤開，橫躺在他腳邊。

即使隔著半條走廊，我還是可以看出贊恩在發抖。

我快步向他奔去。

那個手臂和雙腿扭成麻花狀、癱在地板上的人究竟是誰？

「贊恩——怎麼回事？發生了什麼事？」爸爸和卡爾伯父同時喊道。

贊恩站在那兒，渾身發抖。他的照相機似乎也在顫抖，在他胸前掛著的皮帶上左右搖晃。

我朝地板上的那個人瞥了一眼。

一個木偶。

洛基。

洛基仰天對著天花板齜笑，它的紅白條紋襯衫掀起了一半，露出木製的身體。它的一隻腿彎曲，壓在身子底下，兩條手臂則攤在地板上。

「這個木……木偶……」贊恩指著洛基，結結巴巴的說：「它……它往我頭上砸下來，就在我打開房門的時候。」

「什麼？你說它怎麼樣？」卡爾伯父喊道。

「它朝我頭上掉下來，」贊恩重複一次：「在我推開門的時候。我不是故意要尖叫的，我只是嚇到了，只是這樣。它這麼重，差點砸在我頭上。」

我轉過頭，看見爸爸怒目瞪視著丹。

「嘿——幹嘛瞪我！」丹舉起雙手表示抗議。

這句英文怎麼說

它的紅白條紋襯衫掀起了一半。
His red-and-white striped shirt had rolled up halfway.

「丹，你答應過我的。」爸爸嚴厲的說。

「不是我做的，」丹喊道：「一定是崔娜！」

「嘿——才不是！」我抗議道：「不是我！不是我做的！」

爸爸朝我瞪了一眼。「我猜這木偶是自己爬到門框頂上的！」他翻了個白眼說道。

「不過是個玩笑罷了，」卡爾伯父插話道：「你沒事吧，呃，贊恩？」

「嗯，我沒事。」贊恩雙頰通紅。我看得出來他因爲這番騷動而感到困窘。「我只是沒料到會有東西掉下來。」他盯著地板。

「我們趕緊整理東西吧，」卡爾伯父說道：「我開始覺得餓了。」他轉向爸爸。「你還有多餘的枕頭嗎？我的床上只有一個枕頭，我喜歡睡很多、很多個。」

「我看看還有沒有多的，」爸爸邊回答邊朝著我皺皺眉。「妳，還有丹——把洛基放回閣樓。不准再惡作劇了。你們保證過的，記得嗎？」

我小心的將洛基拾起，扛在肩膀上。「替我推開閣樓的門。」我吩咐丹。

我們走下走廊。「你有什麼毛病呀，老鼠？」我低聲問我老弟。

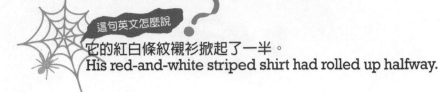

「別叫我老鼠，」他咬牙切齒的回答：「妳知道我最討厭人家叫我老鼠了。」

「哦，我最討厭人家說話不算話，」我對他說：「你連一分鐘都等不及，這麼急著開始嚇唬贊恩嗎？你會害我們惹上大麻煩的。」

「我？」丹故做無辜的說，「我可沒有把木偶藏在門上，是妳做的。妳心知肚明。」

「我沒有！」我憤怒的低聲說道。

「嘿，你們兩個，我可以一起上去嗎？」我回頭看見贊恩就在我們背後。我沒察覺到他跟了過來。

「你要上來木偶博物館？」我難掩心中的訝異，問道。贊恩上回來的時候，怕死那些木偶了。

「是呀，我想拍些照片。」他回答道，舉了舉他的相機。

「酷呀，」丹說道：「這點子很棒！」我看得出他想要對贊恩表現出友善。我可不想被排除在外。「你這麼熱中攝影，眞是太正點了。」我對贊恩說道。

「是呀，我知道。」贊恩回答。

這句英文怎麼說

這個長相凶惡的木偶仰頭朝著我冷笑。
The mean-looking dummy sneered up at me.

丹領頭登上閣樓的台階，爬到一半時，我回頭一看，只見贊恩還在樓梯底下逗留。

「你到底要不要上來呀？」我朝下大聲喊道。我的聲音迴盪在狹窄黑暗的樓梯間裡。

我在贊恩的臉上捕捉到一抹恐懼。他試著要勇敢，我知道，他試著不要像上回那樣膽怯。

「來了。」他朝上喊道。我看見他深吸了一口氣，然後一路跑上樓梯。

當我們走過閣樓時，他緊緊挨在我和丹的身邊。那些眼睛從大屋子四面八方幽幽的凝視著我們。

我扭亮了電燈，那些木偶全映入眼簾。倚在椅子和舊沙發上的，靠在牆上的，全都朝我們咧嘴而笑。

我把洛基扛到它的摺疊椅旁邊，將它從我的肩上卸了下來，放回椅子上。我將它雙臂交疊，擱在腿上，又拉平它的條紋襯衫。這個長相凶惡的木偶仰頭朝著我冷笑。

「丹尼叔叔又多了好幾個新木偶，」贊恩在房間的另一頭說道，他挨著丹站在沙發前，手中捧著相機，但卻沒有拍照。「他是從哪兒找來的？」

「最新的這個是在垃圾桶找到的。」我指著那個長相惹人嫌的木偶回答道。

丹提起露西小姐，把它舉到贊恩面前。「嗨呀，贊恩！給我拍張照片！」丹讓露西小姐用又高又尖的聲音說道。

「說『C』。」贊恩順從的將相機舉到眼睛前，對露西小姐說道。

「C。」丹用露西小姐的尖銳聲音說道。

贊恩按下快門。

「給我一個大大的濕吻！」丹讓露西小姐說道，一邊將木偶的臉貼近贊恩。

「好噁心哦！」贊恩往後一縮。

「把木偶放回去，」我對我老弟說道，「我們最好趕緊下樓，他們可能都在等著我們呢。」

「好啦，好啦。」丹嘟囔著說，他轉身放下露西小姐。贊恩則漫步走過那排木偶旁，端詳著它們。

這句英文怎麼說

我彎下腰，將韋柏的蝴蝶領結拉正。
I bent down and straightened Wilbur's bow tie.

我彎下腰，將韋柏的蝴蝶領結拉正。這個老木偶真的很破舊了。

當我還在整理領結時，突然聽見「啪」的一聲。

接著，我聽見贊恩痛楚的驚呼聲。

「噢——！」

6.

我連忙轉身，看見贊恩正在揉著下顎。

「嘿——那木偶打了我一巴掌！」他憤怒的喊道。

他指著倚在沙發扶手上的一個紅髮木偶。

「我……我真不敢相信！」贊恩喊道：「它揮起手臂，然後……摑了我一巴掌！」

丹站在沙發後面，我看見他臉上泛起一抹微笑，接著他爆笑出聲。「別鬧了，」他對贊恩說道：「這是不可能的。」

「是你幹的！」贊恩指控我老弟，一隻手還揉著下顎。「是你動了那個木偶！」

「怎麼可能！」丹往後退，直到撞上牆壁。「我哪有辦法？我一直待在沙發

這句英文怎麼說

我快步走向沙發。
I stepped quickly up to the couch.

後面啊。」

「是哪個木偶？」我快步走向沙發，並質問道。

「是那個傢伙。」贊恩指著一個笑臉上畫滿鮮紅色雀斑的紅髮木偶說。

「阿尼，」我說道：「是爸爸最早的木偶之一。」

「我才不管它叫什麼名字呢，」贊恩沒好氣的說：「它打了我一巴掌！」

「可是這太蠢了呀，」我堅稱道：「它只是個腹語木偶，贊恩。看，你瞧。」

我拎起阿尼，這個舊木偶比我記憶中要重些。我將它遞給贊恩，但是他卻往後縮了回去。

「這兒有點詭異，」贊恩盯著那個木偶說道，「我要去告訴丹尼叔叔。」

「不，別告訴爸爸，」我拜託他，「饒了我們吧，贊恩。這會讓我們惹上大麻煩的。」

「是呀，別去告狀嘛，」丹也插嘴說道：「這木偶可能是滑了下來或怎麼了，你知道的。它會倒下來。」

「它是伸手往上耶，」贊恩堅稱：「我看見它揮出手臂，然後——」

「快點，孩子們，快下樓來。大家都在等你們呢！」他的話被媽媽從樓下傳來的聲音打斷了。

「來囉！」我喊道。

我把阿尼放回沙發扶手，它跌落在旁邊的木偶身上，我沒有將它扶正，就跟著丹和贊恩下樓了。

我拉住丹，讓贊恩一個人先下樓。「你是想證明什麼？」我氣沖沖的問我老弟。「這不好玩。」

「崔娜，不是我做的，我發誓！」丹舉起右手，聲明道：「我發誓！」

「那你怎麼解釋？」我質問道：「那個木偶眞的伸手打他？」

他扮了個怪臉，聳聳肩。「我不知道。我只知道我沒有做，我沒有動那尊木偶的手臂。」

「鬼扯，」我回答道：「不是你還有誰。」我將弟弟朝樓梯推了一把。

「嘿——妳有完沒完呀！」他低聲咕噥。

「你眞是個大騙子，」我對他說道：「你以爲你可以嚇唬贊恩——還有我。

這句英文怎麼說

我拉住丹，讓贊恩一個人先下樓。

I held Dan back and let Zane go down by himself.

但這太不值得了吧，丹。我們向爸爸保證過的，記得嗎？」

他不理會我，開始走下樓梯。

我怒火中燒。

我知道是丹把木偶放在客房門頂，讓它掉到贊恩頭上的。我也知道是他甩動木偶的手臂去打贊恩耳光的。

我納悶著丹爲了嚇唬我們的堂兄，究竟會做到什麼地步。

我知道我得阻止他。如果丹繼續這樣下去，他會害我們倆終身禁足的，或許還更糟。

但我能怎麼辦呢？

直到當晚上床後，我還一直想著這件事。我無法入睡，只是躺在那兒，瞪著天花板，想著丹，想著他眞是個大騙子。

木偶是木頭和布料做的，我對自己說，它們不可能抬起手來摑人耳光。

而且它們也不會爬起來，在屋裡走來走去，還自行爬到門頂上。

它們根本沒辦法自己走動……

它們不會……

我終於開始沉入夢鄉，但這時我卻聽見了微弱的腳步聲，就踏在我臥室的地毯上。

接著我的耳邊傳來粗啞的低呼。

「崔娜……崔娜……」

這句英文怎麼說

他踉蹌的倒退幾了步。
He stumbled backwards.

7.

「崔娜……崔娜……」

那粗啞而細微的呼聲——如此貼近我的耳朵——讓我直挺挺的從床上跳了起來。

我跳下床，連被單也拉了起來。

我往前一歪，幾乎把贊恩給撞倒。

「贊恩？」

他踉蹌的倒退幾了步。「對不起！」他低聲道：「我以爲妳還沒睡著。」

「贊恩！」我又喊了一聲。我的心臟怦怦直跳。「你到我的房間來做什麼？」

「對不起，」他低聲說道，又往後退了一些，在我衣櫥前幾吋遠的地方停了

下來。「我不是故意要嚇妳的，我只是……」

我用手捂住胸口，感覺心跳逐漸恢復正常。「抱歉這樣朝著你撲過去，」我對他說道，「我猜我剛剛是半睡半醒著，當你低聲喊我的名字時……」

我扭亮床頭燈，揉著眼睛，瞇起眼看著贊恩。

他穿著寬鬆的藍色睡衣褲，睡褲的一條褲腿幾乎捲到了膝蓋，金髮散落在他臉上。他臉上那種小男孩似的受驚表情，讓他看起來大概只有六歲大！

「我本來想叫醒爸爸，」他低聲說道：「但是他睡得太沉了。我不斷的敲他臥室的門，不斷的喊他，但他就是沒聽見。所以我只好到這兒來了。」

「有什麼事嗎？」我伸了個懶腰，問道。

「我……我聽見了聲音。」他瞥了瞥敞開的臥室房門，結結巴巴的說。

「你說什麼？聲音？」我把頭髮拂到後面，扯了扯身上的長睡衣，一邊打量著他。

他點點頭。「我聽見了聲音，在樓上。我是說，我想是從樓上傳來的。奇怪的聲音，非常快的談話聲。」

這句英文怎麼說

我在陌生的地方總是睡不好。
I never sleep very well in new places.

「你聽見閣樓裡有聲音？」我斜眼瞅著他。

「嗯，我很確定。」他又點了點頭。

「我很確定你是在做夢。」我搖搖頭，嘆了口氣。

「不，我清醒得很，眞的！」他從我的衣櫃上抓起一隻填充小熊，用兩隻手捏著它。

「我在陌生的地方總是睡不好，」他對我說，「我在這棟屋子裡從來就沒睡好過！」他苦笑一聲。「我清醒得很。」

「閣樓上頭沒人呀，」我打著呵欠說道。我朝天花板豎起耳朵。「你聽，」我對他說道，「上頭很安靜呀，半點聲音也沒有。」

我們兩個都靜靜的聽了一會兒。

「妳想我可以吃一碗玉米片嗎？」贊恩放下小熊玩偶並問道。

「什麼？」我瞪大眼睛看著他。

「我只要吃一碗玉米片就會覺得平靜許多，」他臉上浮起一抹尷尬的微笑，說道：「是小時候養成的習慣。」

「你現在要吃玉米片？」我瞇著眼看看時鐘收音機。剛過午夜。

「可以嗎？」他點點頭，怯生生的問道。

可憐的傢伙，我心想。他真的是嚇壞了。

「當然，」我說：「我跟你一起到廚房去，告訴你東西擺在什麼地方。」

我找到我的夾腳拖鞋，把腳套了進去。我總會在床底下放雙拖鞋，我不喜歡光著腳走在走廊地板上，有好多釘子從上頭突起來。

爸媽老是說要買地毯，但手頭一直很緊。我想地毯並不是他們購買清單的前幾項。

贊恩看起來平靜些了。我朝他笑了笑，領著他穿過走廊。

他並不是個壞孩子，我心想。

他是有點膽小啦——那又怎樣呢？我決定明天一早頭一件事就是找丹好好談談。我要叫丹鄭重保證，絕對不會再嚇唬贊恩。

長長的走廊好暗，贊恩和我都扶著牆壁，往樓梯走去。爸媽以前會在走廊末

這句英文怎麼說

我打從出生就住在這兒了。
I've lived here all my life.

端開一盞小夜燈，但後來燈泡燒壞了，他們就沒再換新的。

我們扶著樓梯的欄杆，慢慢走下台階。昏暗的光線從窗外透進來，在客廳投射出長長的藍色陰影。在幽暗的微光中，我們的舊家具如鬼影般在屋子四周幢幢升起。

「這棟老屋子總是讓我發毛。」贊恩低聲說道。我們穿過前廳，他一直緊緊的靠在我身邊。

「我打從出生就住在這兒了，有時候我都還會被嚇到呢，」我坦承道：「老房子會發出好多奇怪的聲音，有時候我會覺得自己聽見這屋子在呻吟、在嗚咽。」

「我真的聽到聲音了。」贊恩低聲說道。

我們悄悄的穿過那些陰影，走向廚房。我的夾腳拖鞋「啪嗒啪嗒」的拍著地板，銀白色的月光透過廚房的窗簾流瀉進來。

我開始摸索牆壁，想找到電燈開關。

但是當我看見有個黑色的人影趴在餐桌上時，手便停了下來。

贊恩也看見了。

我聽見他倒吸了一口氣，縮回廚房門口。

「爸爸？你還沒睡嗎？」我喊道：「你幹嘛不開燈坐在那兒啊？」

我摸到了電燈開關，把廚房的燈扭亮。

贊恩和我同時尖叫起來。

這句英文怎麼說

這表情真教人厭惡透了。
Such a nasty expression.

8.

我認得那件紅白條紋的襯衫，我甚至不用看見它的臉就能認出它。

洛基靠在餐桌上，雙手拄著它的木頭腦袋。

贊恩和我悄悄的走近桌邊，我繞到桌子的另一頭。

那木偶朝著我冷笑，玻璃般的眼珠冷酷而惡毒。

這表情眞教人厭惡透了。

「它怎麼會在這兒？」贊恩問道，他用力凝視那尊木偶，彷彿期待它開口回答似的。

「只有一個方法，」我喃喃的說：「它當然不會走路。」

「妳是說丹？」贊恩轉向我說。

「當然是他，不然還會有誰？那個蠢玩笑先生。」我嘆了口氣回道。

「但是妳弟弟怎麼會知道我們今晚會到廚房來呢？」贊恩問道。

「我們去問問他。」我回答。

我知道丹還醒著，或許他正坐在床邊，急切的等待我們的尖叫聲從廚房傳來，然後自顧自的竊笑，暗自高興一番。

爲了這份爽快，他破壞了對爸爸的承諾，只爲了給贊恩和我小小的驚嚇。

我雙手緊緊握拳，可以感覺到自己心頭的怒火、好不憤怒。

通常當我這麼憤怒的時候，會到後頭的房間去，重重敲打琴鍵。我會用力彈奏〈蘇沙進行曲〉或快節奏的搖滾樂曲。我會一直敲打琴鍵，直到平靜下來。

今晚，我決定，我要改成捶我弟弟。

「來吧，」我催促贊恩。「我們上樓去。」

我向洛基投以最後一瞥，那木偶癱靠在餐桌邊，目光空洞的回瞪著我。

我眞的很討厭這木偶，我心想。我要叫爸爸把它收進櫥櫃或箱子裡。

我強迫自己把眼光從那冷笑的木頭臉上移開，接著我雙手抓著贊恩的肩膀，

這句英文怎麼說

我雙手緊緊握拳。
I balled both hands into tight fists.

領著他走回樓梯。

「我要告訴丹，我們兩個都受夠了他愚蠢的玩笑，」我低聲對贊恩說，「我眞的受夠了。我們要叫他保證，不准我們走到哪兒、他就把木偶丟到哪兒。」

贊恩沒有回答。在昏暗的燈光下，我可以看見他臉上陰沉的表情。不曉得他在想些什麼，他是不是想起上回來我家作客的情景？他是不是想起我和丹把他嚇得魂飛魄散的事？

或許他連我也不相信，我告訴自己。

我們爬上樓梯，悄悄的穿過黑暗的走廊，來到我弟弟的房間。

房門半開著，我將它完全推開，走了進去。贊恩緊緊的跟在我後面。

我以爲丹會保持清醒，等著我們。我預期會看見他咧嘴大笑，因爲自己的小玩笑而得意不已。

銀色的月光透過窗口流瀉進來。站在門口，我可以將他看得一清二楚。他側躺在床上，被子蓋到下巴，兩眼緊閉著。

他在裝睡嗎？他其實醒著？

「丹，」我低聲喊道：「小——丹。」

他沒有動彈，眼睛也沒有睜開。

「丹——我要來給你呵癢囉！」我低聲說道，每當我威脅要搔他癢，他從來沒辦法不笑出來。丹非常怕癢。

但他還是動也不動。

贊恩和我走近了些，來到丹的床前。我們兩個都站在我弟弟面前，仔細的凝視著他，在銀光下端詳著他。

他以平穩的節奏輕輕的呼吸著，嘴巴微微張開，發出哨子般的短促聲音，像老鼠般的聲音，他的尖下巴和朝天鼻，看起來還眞像隻小老鼠。

「小——丹，準備挨我呵癢吧！」我往他斜靠過去低聲說道。

我往後退開，預期他會朝我撲過來，大喊「嚇！」或什麼的。

但是他繼續睡著，每次呼吸都發出哨子般的聲音。

我轉向贊恩，他已經退到了房間中央。

「他眞的睡著了。」我說道。

這句英文怎麼說

他從來沒辦法不笑出來。
He could never keep a straight face.

「我們回房間去吧。」贊恩邊輕聲說道，邊打了個呵欠。

我跟著他走向房門口。「那你的玉米片呢？」我問道。

「算了，我現在太睏了。」

當我們幾乎來到門口時，我聽見有人在走廊上走動。

「噢——！」當一張臉出現在門口時，我不禁低呼。

是洛基的臉。

它跟著我們上樓了。

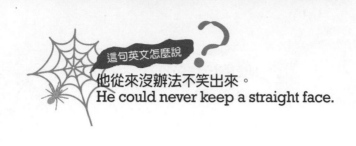

9.

我抓住贊恩的手臂，兩人同時驚呼起來。

那木偶快速的進入房間。當我看見那木偶並不是自己在走、而是有人提著它時，叫喊聲嘎然而止。

爸爸拎著那個木偶的後頸。

「嘿──這是怎麼回事？」丹在我們背後睡眼惺忪的喊道。他從枕頭上抬起頭來，瞇眼看著我們。「啊？大家都在我房裡做什麼？」

「這正是我想知道的。」爸爸嚴厲的說，他懷疑的看看贊恩，又看看我。

「你們……你們把我吵醒了，」丹喃喃的說。他清了清喉嚨，然後用一隻手肘把身體撐起來。「你幹嘛拿著那個木偶呀，老爸？」

這句英文怎麼說

這正是我想知道的。
That's what I'd like to know.

「或許你們當中有人可以回答這個問題。」爸爸怒氣沖沖的說，他在睡衣上披了件袍子，頭髮糾結在前額。他沒有戴眼鏡，因此瞇起眼睛瞅著我們。

「這是怎麼回事呀？我不明白。」丹揉著眼睛，睡眼惺忪的說道。

他是在演戲嗎？我納悶著。他在演出「無辜小男孩」的戲碼？

「我聽見樓下有聲音，」爸爸說著，把洛基換到另一隻手上。「我下去看看發生了什麼事，結果看見這個木偶坐在餐桌旁邊！」

「不是我放的！」丹喊道，突然間完全清醒了。「眞的，我沒有！」

「也不是我或贊恩！」我也插口說道。

爸爸轉向我，嘆了一口氣。「我眞的很疲倦。我不喜歡三更半夜還有這些惡作劇。」

「但這不是我做的！」我喊道。

爸爸用力瞇起眼睛看著我，他沒戴眼鏡時眞的是個睜眼瞎子。「非得要我處罰妳和丹嗎？」他質問道：「非得要我罰你們禁足嗎？還是罰你們夏天不准參加營隊？」

「不！」丹和我同聲驚呼。丹和我今年都是頭一回要參加夏令營，我們從耶誕節起就一天到晚談著這件事。

「爸爸，我在睡覺耶，眞的。」丹堅稱道。

「不許再找藉口了，」爸爸疲憊的說，「下次再讓我看見任何一個木偶出現在不該出現的地方，你們兩個就麻煩大了。」

「但是，爸爸——」我開口辯解。

「這是最後一次，」爸爸說道：「我是認眞的。下回再讓我看見洛基離開閣樓，你們兩個都得受罰！」他揮手要我和贊恩出去。「回你們的房間去，現在。什麼話都別說了。」

「你不相信我嗎？」丹追問道。

「我不相信洛基會自己在屋子裡跑來跑去，」爸爸回答：「現在躺下睡覺，丹。我再給你最後一次機會，別搞砸了。」

爸爸跟著我和贊恩來到走廊。「明兒早上見。」他低聲說道。

他往閣樓的樓梯走去，要把洛基放回木偶博物館。我聽見他上樓時一路上都

這句英文怎麼說

我聽見他上樓時一路上都在喃喃自語。
I heard him muttering to himself all the way up the stairs.

在喃喃自語。

我對贊恩道了晚安，走向自己的房間。

我覺得又睏又心煩，又擔心，又困惑——種種感覺同時湧來。

我知道一直在拿洛基嚇唬贊恩的一定是丹，但他爲什麼要這樣做呢？他會不會就此罷手——在爸爸罰我們禁足，或是徹底毀了我們的暑假之前？

我昏昏睡去，睡夢中還不停的問著自己一個又一個的問題。

第二天清晨，我很早就醒來了。

我穿上牛仔褲和運動衫，匆匆下樓吃早餐。

我看見洛基坐在餐桌旁邊。

10.

我張望著廚房，四下無人。

幸好我是頭一個下樓的人！

我提起洛基的頸背，將它挾在腋下，火速的拖回閣樓。

當我幾分鐘後回到廚房時，媽媽已經在準備早餐了。

好險！

「崔娜，妳今天起得好早啊！」媽媽往咖啡機裡注水，一邊問道，「妳沒事吧？」

我瞥了瞥餐桌。

我有種病態的感覺，覺得洛基會坐在那兒朝我冷笑。但是它當然是在閣樓

這句英文怎麼說

幸好我是頭一個下樓的人。
How lucky that I was the first one downstairs.

上，我剛剛才把它扛了上去。

餐桌旁空無一物。

「我沒事，」我對她說：「我好得很。」

今天毫無疑問是「對贊恩友善日」。

早餐過後，爸爸匆匆趕去照相器材店。沒過多久，媽媽和卡爾伯父就到購物商場去買東西了。

這是個亮麗的早晨，金黃色的陽光透過窗戶流溢進來。

天空晴朗，萬里無雲。

贊恩帶了相機下樓，他認爲今天非常適合拍照。

丹和我以爲他會到戶外，但是我們的堂兄卻想要待在屋子裡拍照。

「我對於建築物的裝飾板條很有興趣。」他對我們說道。

我們跟著他在屋裡轉來轉去，丹和我都曾鄭重發誓要對贊恩友善，不可以嚇唬他。

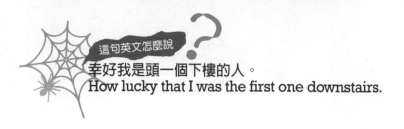

今天早餐後，當贊恩上樓去拿相機時，我一把抓住我弟弟，將他壓在牆上。

丹想要掙脫，但是我比他強壯，還是將他壓在牆上。「舉起右手發誓！」我命令他。

「不准惡作劇！」我對他說。

「好啦，好啦！」他輕易就屈服了。他舉起右手，跟著我唸誦誓詞：「不許對贊恩惡作劇，不許取笑贊恩，也不許把木偶搬到任何地方！」

當贊恩取了相機回來時，我放開了丹。

「你們家有一些很棒的裝飾板條。」贊恩抬頭凝望客廳的天花板，說道。

「眞的嗎？」我回答，努力裝出很感興趣的樣子。

裝飾板條到底哪裡有趣啊？

贊恩舉起相機。他對焦對得超慢的，感覺像好幾個小時，然後朝客廳窗簾頂上的裝飾板條拍了張照片。

「你們家有梯子嗎？」他問丹：「我很想近距離拍些照片，我怕我的變焦鏡頭會扭曲畫面。」

這句英文怎麼說

他似乎沒聽見我的話。
He didn’t seem to hear me.

於是丹連忙跑到地下室去幫贊恩取梯子。我對我老弟感到驕傲。他毫無怨言的去取梯子，而且堅持了整整十分鐘都沒有開任何關於裝飾板條的玩笑，也沒有取笑贊恩。

這可不容易。

我是說，什麼樣的呆瓜會覺得給天花板和牆壁拍照是件很酷的事呢？

而且，我們這天不用上學，而今天又是三月最晴朗、最溫暖、最美麗的一天，幾乎像是春天了，而我和丹卻得待在屋裡替贊恩扶梯子，好讓他用微透鏡給裝飾板條拍超級特寫照。

「太棒了！」贊恩又按了幾下快門，讚美道：「太棒了！」

他爬下梯子，略為調整鏡頭，又撥動相機上一些刻度盤。

「你想到外頭走走嗎？」我提議道。

他似乎沒聽見我的話。「我想再拍些樓梯欄杆的照片，」他宣布道：「你們看陽光透過木條的角度，在牆上投射出非常有趣的圖案。」

我正要破口開罵，卻瞥見了丹。

他朝我搖了搖手指，以示警告。

我咬咬嘴唇，把話嚥了回去。

這真是太太太太無聊了，我心想。

但是至少我們不會惹上麻煩。

我們站在贊恩身邊，看著他從各種角度拍攝樓梯的欄杆。大約拍了十張之後，他的相機「嗡嗡呼呼」的響了起來。

「這捲底片拍完了，」他宣告道，接著眼睛一亮。「我有個很酷的主意，我們何不到地下室的暗房去，立刻把這些照片洗出來？」

「酷！」我回答，努力讓聲音聽起來很誠懇。丹和我都竭力要對這個孩子友善！

「丹尼叔叔說我可以使用他樓下的暗房，」贊恩看著捲動底片的相機，說道：「一定酷斃了！」

「酷斃了！」我附和道。

丹和我對望了一眼。本世紀最晴朗的一天——我們卻要待在地下室一間黑暗

這句英文怎麼說

我們不能讓半點光線透進來。
We can't let in any light at all.

的小房間裡！

「我從來沒看過沖洗照片的過程，」丹對我們的堂兄說道：「你可以示範怎麼做嗎？」

「很簡單的，」贊恩回答，一邊跟著我們走下通往地下室的樓梯。「只要你學會掌控時間。」

我們穿過洗衣間，經過暖氣爐，來到靠著最裡頭那道牆的暗房。我們擠了進去，我扭亮暗房專用的紅燈。

「把門關緊，」贊恩吩咐道：「我們不能讓半點光線透進來。」

我再次檢查了暗房的門，然後贊恩開始工作。他擺好顯像盤，將幾罐化學藥劑倒入盤中，將膠卷拉開，開始沖洗底片。

我大概看過爸爸沖洗底片一百次了，真的挺有趣的。當影像開始出現在相紙上，接著顏色逐漸加深，真的滿酷的。

丹和我站在贊恩身旁，看著他工作。

「我在拍攝客廳飾板的時候，抓到了幾個很好的角度。」贊恩說道，他將大張的相紙浸在顯像盤中，然後將它夾了起來，讓它滴個幾秒鐘，接著放進旁邊另一個盤子中。

「我們來看看。」他的臉上浮起笑容。

他往工作檯斜倚過去，舉起相紙對著那盞紅燈。

「嘿——這是誰拍的？」他的笑容迅速消褪，他氣沖沖的質問道。

丹和我挨近了些，看著那張照片。

「這是誰拍的？」贊恩又問了一次，他憤怒的從顯像盤中夾起另一張相紙，然後再夾一張，又夾一張。

「這些東西怎麼會跑到膠卷上？」他喊道，把所有的照片推向我和丹。

洛基的照片。

特寫鏡頭。

一張又一張，全是那個獰笑的木偶的照片。

「這些照片是誰拍的？是誰？」贊恩氣憤的質問，將濕漉漉的照片推到我們面前。

「不是我！」丹向後退縮，喊道。

「也不是我！」我也否認。

但是，會是誰呢？

我一邊問著自己，一邊注視著每張相紙上怪笑著的醜臉。

會是誰幹的？

這句英文怎麼說

這些東西怎麼會跑到膠卷上？
How did these get on the roll?

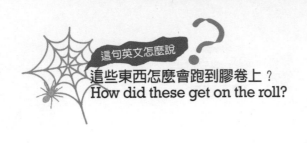

11.

「你們說，這究竟是怎麼回事？」

那些木偶目光空洞的回瞪著我，沒有半個開口回答。

「你們怎麼解釋？」我質問道，眼光輪番審視著那些木偶。「快點，你們這些傢伙。快說，否則我就拿把電鋸替你們理個髮！」

一片靜默。

我在它們面前來回踱步，雙手交抱在胸前，嚴厲的瞪著它們。

這時已是近傍晚的午後了，太陽漸漸沉到樹梢後頭，橘黃色的光芒透過布滿塵埃的閣樓窗戶流瀉進來。

我悄悄的爬上閣樓，想要找尋線索。這兒一定有什麼怪事發生。

這句英文怎麼說

我在它們面前來回踱步。
I paced back and forth in front of them.

洛基怎麼會出現在贊恩的膠卷上？會是誰拍的？這和那個不斷把洛基搬下樓、放在能嚇唬到贊恩的地方的，一定是同一個人。

「是丹幹的，對吧？」我問那些眼睛圓睜的木偶。「丹來過這兒，對不對？」

我搜尋著地板、沙發，還有每張椅子底下。

找不到半點線索。

現在我在質詢這些木偶，但是它們當然幫不上多大的忙。

別再浪費時間了，下樓去吧，我對自己說。

我轉過身，正要往樓梯口走去——這時卻聽見了一聲輕笑。

「啊？」我驚呼一聲，連忙轉身。

又是一聲輕笑。是一聲竊笑。

接著一個粗啞的聲音說道：「妳的頭髮是紅色的嗎？還是妳開始生銹了？」

「什麼？」我舉起手來掩著嘴，喊道，眼光快速掃過一個個的木偶。

是誰在說話？

「嘿，崔娜——妳好——醜呀！」接著又是一串竊笑。邪惡的笑聲。

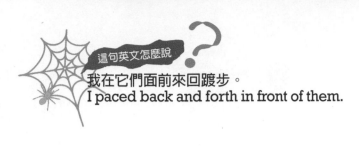

「我喜歡妳的香水。那是什麼味道？跳蚤和蝨子的殺蟲劑嗎？」

我的眼光停在那個新木偶上，就是爸爸取名為「笑面仔」的那一個。它直挺挺的坐在沙發的中央，那聲音似乎是從它身上發出來的。

「捏我一下。我是在做惡夢，還是妳真的長得這麼可怕？」

我僵在那兒，一陣寒顫竄下我的脊背。那粗啞的聲音真的是來自那個新木偶！它目光呆滯的瞪著我，嘴巴大開，形成一個令人不快的僵硬笑容。

但那聲音的確是來自笑面仔。那無禮的辱罵真的是來自笑面仔。

但是這不可能呀，我對自己說。絕不可能！

沒人操控的木偶是不可能會講話的。

「這……這太瘋狂了！」我結結巴巴的說。

這時候，那木偶動了起來。

這句英文怎麼說

它直挺挺的坐在沙發的中央。
He sat straight up in the center of the couch.

12.

我尖叫起來。

只見丹從沙發後面冒了出來。

那個木偶歪倒下去。

「你……你……你——！」我憤怒的指著丹，氣急敗壞的說道。

我的心臟怦怦直跳，感覺渾身發冷。「這不好玩！你……你差點把我嚇死！」我尖叫道。

出乎意料的是，丹並沒有笑。他瞇起眼睛，訝異的大張著嘴。「剛才是誰開那些玩笑的？」他問道，眼光搜尋著一個個的木偶。

「眞是夠了！」我斥喝道：「難道你想告訴我那不是你做的？」

「我什麼話也沒說。」他搔了搔褐色的短髮。

「丹，你眞是天字第一號大騙子，」我喊道：「你待在這上頭多久了？你在這兒幹什麼？你在窺探我，對不對？」

他搖搖頭，從沙發後面走了出來。「那妳又在這上頭做什麼，崔娜？」他問道：「妳是上來拿洛基的嗎？要再把洛基搬到樓下，好嚇唬贊恩？」

我怒吼一聲，用盡全力推了丹一把。

他踉蹌的後退，跌坐在沙發上，正好摔在那個新木偶身上。他叫喊一聲，掙扎著要站起來，看來像是和那個木偶扭打了一陣。

我朝著沙發踏上幾步，擋住了他的去路。當他想要站起來時，我又把他推倒回去。

「你明知把洛基到處亂搬的不是我，」我吼道：「我們都心知肚明是你做的，丹。你會讓我們兩個在爸爸那兒惹上大麻煩的。」

「妳錯了！」丹氣憤的大吼，小小的老鼠臉漲得通紅。「錯了、錯了！大錯特錯！」

這句英文怎麼說

你在窺探我，對不對？
You were spying on me — right?

他從沙發上一躍而起，那個木偶在椅墊上彈跳了幾下，腦袋還轉了轉，看起來像是在朝我咧著嘴笑。

「如果你不是打算繼續搞鬼，那你上這兒來做什麼？」我轉向我老弟，對他說道。

「等待。」他回答。

「你說什麼？等待什麼？」我雙臂交抱在胸前，質問道。

「只是等待，」他堅定的說，「妳還沒搞懂嗎，崔娜？」

我踢了踢地板上的灰塵球，結果它黏在我球鞋的鞋尖上。「搞懂？搞懂什麼？」

「妳還看不出來是怎麼回事嗎？」丹質問道：「妳還不明白嗎？」

我彎下腰來，拿掉球鞋上那個灰塵球，結果它黏在我的手指上。「你的小老鼠腦袋在想些什麼呀？」我翻翻白眼，說道：「一定很勁爆。」

我老弟挨到我身邊，壓低聲音說道：「這一切全是贊恩幹的。」

我笑了起來。我不確定我有沒有聽錯。

「不，我是說眞的，」他抓住我的手臂。「我知道我猜得沒錯，崔娜。所有的事情都是贊恩幹的。是他搬動木偶，把它抬到樓下，然後假裝被嚇到；是贊恩讓木偶打他巴掌，把它放到餐桌邊，兩次都是。」

我將丹的手從我的手臂上扳開，接著一隻手貼在他的額頭上，假裝在檢查他的體溫。「你神智不清了，」我對他說道：「去躺下來，我會告訴媽媽你在發高燒。」

「妳聽我說！」丹尖聲喊道：「我是認眞的！我是對的，我知道我是對的！」

「爲什麼？」我質問道：「贊恩爲什麼要這麼做，丹？他幹嘛要自己嚇自己？」

「報復我們上回嚇唬他呀，」丹回答道：「妳還沒搞懂嗎？贊恩想要害我們兩個惹上麻煩。」

我坐在笑面仔旁邊的沙發上，努力思索我老弟的話。「你是說，贊恩想要讓老爸以爲你和我用木偶嚇唬他。」

「沒錯！」丹喊道：「這其實都是贊恩自導自演的。是他自己嚇自己，然後

這句英文怎麼說？

是那台相機洩了底。

It was the camera gave it away.

讓事情看起來像是我們做的——好讓我們倒大楣。」

我又思索了一會兒，一邊玩弄那尊木偶的手。「贊恩自己嚇自己？我不相信。」我終於開口回答，「你爲什麼會這麼想？你有什麼證據？」

丹一屁股坐在沙發的扶手上。「首先，」他開始說道：「這些時候，妳並沒有把洛基搬到樓下，是不是？」

「當然沒有。」我搖搖頭回答。

「是囉，我也沒有，」丹宣稱，「那麼還剩下誰呢？洛基總不會自己走來走去吧，是不是？」

「當然不會，但是……」

「是那台相機洩了底，」丹說道：「贊恩洗出來的那些洛基的照片，就是最大的線索啦！」

我放開木偶的手，讓它落在沙發上。「你的意思是？」我問道，我實在無法跟上我老弟的推理。

「那台照相機從未離開贊恩的視線，」丹回答道：「大部分的時間，他都把

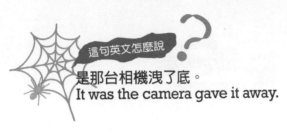

相機掛在脖子上。所以，還有誰能拍下那些洛基的照片？」

我用力的嚥著口水。「你是說贊恩——？」

丹點點頭。「贊恩是唯一有機會拍下洛基照片的人。他偷偷溜上閣樓，拍下它的照片，然後把它們沖洗出來，假裝驚訝、氣憤。」

「但這一切都是他自導自演的？」我問道。

「沒錯，」丹回答道：「這全是在演戲。爲了嚇唬我們，爲了讓我們在老爸那兒惹上麻煩。贊恩想要報復我們上一回嚇唬他的一箭之仇。」

我還是有所保留。「這不像贊恩呀，」我提出質疑：「他這麼膽小、這麼羞怯，他不是那種會惡作劇的人。」

「他有好幾個月可以預謀，」丹大聲說道：「他有好幾個月的時間籌畫報復行動。我們可以證明這一切，崔娜。我們可以躲在這兒等他。這就是爲什麼我會到這兒來，躲在沙發後面。」

「要把他當場活逮？」

丹點點頭。雖然只有我們兩個人，但他還是壓低了聲音。「今晚，等大夥兒都睡了，我們再溜到這兒等候，等著看贊恩會不會來。」

「好吧，」我同意道。「我想，這值得一試……」

丹是對的嗎？

我們會當場活逮到贊恩嗎？

我等不及大夥兒都趕緊上床去，我迫不及待要找出真相。

這句英文怎麼說

我們會當場活逮到贊恩嗎？
Would we catch Zane in the act?

13.

陣陣勁風吹得窗玻璃嘎嘎作響，濃雲掩蔽著月亮。

我們悄悄的爬上閣樓的階梯，走進一片漆黑中。踏上一步，停一停。踏上一步，停一停。盡可能不發出聲音。

老屋子在我們的腳底下呻吟、嗚咽。

閣樓裡漆黑一片，比樓梯間還暗得多。

我伸手去摸電燈的開關，但是丹一把將我的手打落。「妳瘋了嗎？」他輕聲說道：「我們得保持黑暗，完全的黑暗，否則贊恩就知道上頭有人了。」

「我知道，」我帶著濃濃的睡意說道：「我只是想看一眼那些木偶。你知道的，確定它們都還在這兒。」

這句英文怎麼說

閣樓裡漆黑一片，比樓梯間還暗得多。
The attic stretched blacker than the stairway.

「它們全都在，」丹不耐煩的說：「妳只管往前走就是了，我們要躲在沙發後面。」

我們踮著腳尖踏過閣樓的地板。濃密的雲層把光都遮住了，光線絲毫無法透進窗裡，伸手不見五指。

終於，我的眼睛適應了黑暗，我能看見沙發的扶手，看見木偶的頭、肩膀，還有層層疊疊的黑影。

「丹——你在哪兒？」我低聲喊道。

「在後頭，快過來。」他的聲音從沙發後面傳出來。

當我繞過沙發時，我感覺到木偶的眼睛在盯著我。

我覺得我聽見一聲輕笑，又是那種邪惡的笑聲。

但這一定是我想像出來的。

我摸索著沙發的扶手，摸到有隻木偶的手擱在上頭。那隻木頭手摸來意外的溫暖。就像人的手一樣溫暖。

別胡思亂想，崔娜。我斥責自己。

那尊木偶的手之所以很溫暖，是因爲閣樓上頭很熱。

風吹得玻璃咯咯作響，陣陣狂風在屋頂呼號，彷彿就在我們的頭頂上。

我聽見一聲巨大的呻吟，然後是咯咯的輕笑，是吹哨般的奇特聲音。

我不理會閣樓裡的種種聲響，在丹的身邊伏低下來。「嗯？我們到這兒了，」我小聲的說：「接下來該怎麼做？」

「噓——」在黑暗中，我看見丹將一隻手指比在嘴唇前。「接下來我們要等待，靜靜的聆聽。」

我們都轉過身來，將背脊靠在沙發背上。

我弓起雙膝，用手臂環抱著。

「他不會來的，」我低聲說道：「這根本是浪費時間。」

「噓——妳等著就是了，崔娜，」丹斥責道：「給他一些時間。」

我打了個呵欠。

我睏得要命，閣樓的熱氣讓我更加昏昏欲睡。

我閉上眼睛，想著贊恩。

這句英文怎麼說

他迫不及待的傳閱洛基的照片。

He couldn't wait to pass around the photographs of Rocky.

晚餐時，他迫不及待的傳閱洛基的照片。

「我不知道是誰拍的，」贊恩對他爸爸抱怨道，「浪費掉我半捲底片。」

爸爸憤怒的朝丹和我瞪了一眼，但並沒有當場發飆。「我們晚飯後再談這件事好嗎？」他平靜的提議道。

「我有點害怕，」贊恩用顫抖的聲音對爸爸說：「發生了這麼多奇怪的事，就好像這些木偶是活的似的。」他搖搖頭。「噢，我希望今晚別做惡夢。」

「現在先別談那些木偶吧，」媽媽插嘴說道：「贊恩，跟我們說說學校的事吧。你今年的老師是哪一位？都在學些什麼？」

「我可以再來一份馬鈴薯嗎？」卡爾伯父打斷她，伸手去拿馬鈴薯盆。「真是太好吃了，我可顧不得節食了。」

爸爸又朝那些洛基的特寫快照瞥了一眼，又賞了我和丹一記衛生眼，然後便將照片擱在地上。

晚飯後，丹和我極其小心，盡可能離老爸遠遠的。

我們可不想再聽一頓訓話，教訓我們不該嚇唬可憐的堂兄、若是再犯就要如何受罰等等。

現在就快午夜了，我們瑟縮在黑暗的閣樓中，聽著迴旋的風聲，還有老房子的嗚咽，背脊靠在沙發上，等待著……

我始終閉著眼睛，努力的思索著。

想著贊恩、想著洛基。

丹和我在這兒並不孤單，我睡意朦朧的想著。這兒有十三個木偶陪著我們。十三對眼睛凝望著濃重的黑暗。十三個凝結的笑容。

當然，洛基的冷笑不算在內。

空洞的、沒有生命的軀殼……

笨重的木頭腦袋和手掌……

我想著木偶，那些圍繞著我們的木偶。

我猜我沉入了夢鄉。

我夢見木偶了嗎？

或許是吧。

這句英文怎麼說

我知道，木偶活過來了。
I knew the dummies had come alive.

我不知道自己睡了多久。
我是被腳步聲給驚醒的。
輕悄、拖曳的腳步聲，踏過閣樓的地板。
我知道，木偶活過來了。

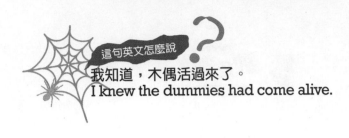

14.

我猛然抬頭，豎耳聆聽。

我的雙手仍然環抱著膝蓋，兩隻手彷彿睡著了，正刺刺的發麻。我的頸背痠痛，嘴裡又酸又乾。

當我聽見那拖拖拉拉、摩擦著地板的腳步聲逐漸接近時，不禁無聲的吸了口氣。我明白，那並不是木偶在走動。

只有一個人影。

一個人。

小心翼翼的慢慢走近沙發。

爲什麼我會以爲聽見木偶在走動呢？一定是因爲我夢中殘留的畫面。

這句英文怎麼說

我猛然抬頭，豎耳聆聽。
I jerked my head up, listening hard.

我甩了甩雙手，試圖讓它們別再發麻。

我現在完全清醒了。非常警覺。

那腳步聲摩擦著地板，越來越近。

那會是丹嗎？丹人在哪兒？

他是不是趁我睡著時爬了起來？現在正要走回沙發？

不。

我瞇起眼睛望進黑暗中，看見丹還在我身邊。

他跪坐了起來。他看見我移動，便揮揮手，示意要我安靜。

丹雙手緊握著沙發的椅背，身體往前傾，凝視著黑暗的房間。

我爬到沙發的另一頭，壓低身子，微微探出頭去，瞇著眼睛望進深幽的陰影中，眼前黑影幢幢、一片灰黑。

狂風繞著屋子迴旋、呼號，在寬闊的閣樓對面，玻璃窗搖搖晃晃、咯咯作響。

我想要縱身躍出，大喝一聲跳出去，同時將電燈扭亮。

但我感覺到丹拉住我的手臂。他一定是讀出了我的心思。

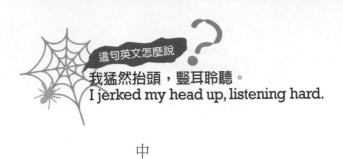

他舉起一根手指豎在唇上。

我們兩個都靜靜的等待，伏低身子，一動也不動的躲在沙發後面，聆聽著每個腳步聲，還有地板的吱嘎聲。

那個黑暗的人影在沙發旁邊的折疊椅前停了下來，他和丹跟我只隔著幾吋遠，如果我想要，就可以伸出手來，抓住他的腿。

我努力想要看見他的臉，卻被沙發遮住了。

我不敢把身子抬得更高。

我聽見木頭互相敲擊的聲音，兩隻木偶的手碰在一起。

我聽見厚重衣物的窸窣聲，還有皮鞋彼此碰撞的聲音。

那個闖入者將一個木偶從椅子上拎了起來。

我瞇著眼睛望進深幽的黑暗中，隱約看見他將木偶扛上肩膀。

我可以看見木偶的手臂在他背後不住地晃動。

那黑暗的身影快速轉身，開始往樓梯走去。

我從沙發後面爬了出來，踮起腳尖，開始尾隨那個闖入者。

這句英文怎麼說

我不敢把身子抬得更高。
I didn't dare raise myself up higher.

我貼在牆上，盡可能躡手躡腳、不發出半點聲息，悄悄的溜過閣樓。

我屏住呼吸，聽見丹緊跟在我後面。

就在那闖入者快要走到樓梯時，我也來到電燈開關旁邊。

我伸手摸索牆壁。

我摸索著……用顫抖的手摸索著電燈開關。

找到了！

我扭亮電燈。

丹和我同時尖叫起來。

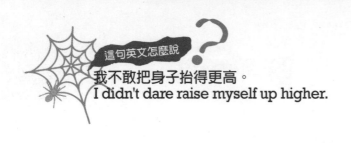

15.

「贊恩！」我和弟弟同時喊出他的名字。

贊恩雙眼圓睜，嘴巴大張，發出一聲驚恐而尖銳的哀號。

我看見他的膝蓋軟了下來，我看他幾乎要癱倒在地了。

他發出幾聲短促的尖叫，然後張著嘴巴，像是吸不到氣似的喘息著。

「贊恩——我們逮到你了！」我勉強說出話來。

洛基還掛在他的肩膀上。

「你……你們？」贊恩掙扎著要說話，卻吐不出半個字來。他氣急敗壞，開始嗆咳起來，那面露冷笑的木偶在他的肩上不住彈跳。

「贊恩——我們猜到了，」丹對他說道：「你的小把戲騙不了人的。」

這句英文怎麼說

我勉強說出話來。

I managed to choke out.

我們的堂兄仍狼狽的喘著、咳著。

「我們知道這一直是你搞的鬼！」丹對他說道。他踏步上前，在贊恩的背上用力拍了幾下。幾秒鐘後，贊恩終於不再喘咳了。

丹將洛基從贊恩的肩膀上卸下來，把它搬回椅子上。

「你……你……你們是怎麼知道的？」贊恩結結巴巴的說。

「我們不過是猜到的，」我對他說：「你到底在打什麼主意？」

「妳知道，只是找點樂子。」贊恩聳聳肩，垂下眼看著地板。

我怒目瞪視著他。「找點樂子？」我怒沖沖的喊道：「你想要害我們惹上大麻煩。你……你可能會毀掉我們整個暑假！」

「這回該輪到我了，不是嗎？」贊恩再次聳聳肩。

「那，現在我們扯平了。」丹插嘴道。

「嗯，」我立刻表示同意：「舊帳一筆勾銷。是嗎，贊恩？」

他點點頭說，「嗯，我想是吧！」他的臉上緩緩的浮起一抹笑容。「我整到你們了，對不對？那些愚蠢的木偶如影隨形的在你們的眼前出現。」

丹和我笑不出來。

「你是騙到我們了。」我低聲說道。

「你騙過了所有的人。」我老弟也說。

贊恩咧嘴一笑。那是個開心的笑容，我看得出來他對自己得意極了。

「我猜丹和我算是活該吧。」我坦承道。

「我想也是。」贊恩趁勝追擊。他到底笑夠了沒有呀？

「現在既然扯平了，那我們就停戰囉？」我追問，「不再用木偶惡作劇？不再嚇唬對方，也不陷害任何人惹上麻煩？」

贊恩咬了咬下唇，他考慮了很久、很久。

「好吧，停戰。」他終於開口說道。

我們鄭重的握手，接著舉掌互擊。然後我們三個全都大笑起來。我不確定是什麼原因，但大家就是不由自主的爆笑出來。

瘋瘋癲癲的傻笑。

我想這是因爲時間這麼晚了，我們都太睏了。

而且我們很高興彼此成了朋友，不必再對對方惡作劇了。

當我們一起下樓時，我真的覺得很開心。

我心想，所有的木偶嚇人事件都結束了。

我怎麼也想不到，惡夢才剛剛開始。

這句英文怎麼說

我看得出來他對自己得意極了。

I could see how pleased he was with himself.

16.

第二天早晨，我跟丹和贊恩一起展開一場自行車長征之旅。狂風已經在夜間退去，當我們在小徑上踩著踏板時，一股溫暖而清新的和煦微風跟隨著我們。樹木還是光禿禿的，銀色的晨霜在地面上閃閃發光，但是甜美溫暖的空氣告訴我，春天就要來臨了。

我們沿著一條蜿蜒進入森林的泥土路慢慢的騎著，仍然低掛在天空的太陽照得我們的臉暖暖的。我停下來解開夾克的拉鍊，然後指著一片才剛要從土裡冒出綠葉的水仙花叢。

「再過三個多月就放暑假了！」丹舉起兩隻拳頭歡呼道。

「我們今年夏天頭一次要參加營隊，」我對贊恩說道，「在麻薩諸塞州。」

這句英文怎麼說

贊恩將他的金髮往後拂開。
Zane brushed back his blond hair.

「整整八個禮拜！」丹開心的補充道。

贊恩將他的金髮往後拂開，傾身倚向老爸的腳踏車的把手，開始加速踩著踏板。「我不知道今年暑假要做什麼，」他說道：「大概只是閒晃吧！」

「那你想要做什麼呢？」我問他。

「就是閒晃呀。」他朝我咧嘴一笑。

我們全都笑了起來。我心情好極了，兩個男孩也是。

丹一直在耍後輪獨立的特技。他把身體往後仰，將前輪舉離地面。贊恩也想要仿效——結果他撞上了一棵樹。

他摔倒在地，腳踏車翻落在身上。

我以爲他會嘀咕抱怨，這是他一貫的作風，但是這回他自己爬了起來，喃喃說道：「摔得漂亮，贊恩。」

「再來一次！」丹打趣道。

「你自己試試看！」贊恩笑著說。

他拍掉牛仔褲上的塵土，又重新騎上車。我們沿著小徑繼續往前騎，一路笑鬧著。

我想我們心情會這麼的好，是因爲講和的關係。我們終於可以放鬆下來，不再擔心誰打算嚇唬誰了。

泥土路在一個小小的圓池塘邊終止了。那池塘在陽光下閃著微光，漫長冬天所結的冰還有一半沒有融化。

贊恩從腳踏車上下來，將它擱在草地上，然後往池塘邊走去，準備拍照。

「瞧瞧那些從融冰底下冒出來的草！」他喊道，一邊不停的按著快門。「棒呆了，棒呆了！」他跪了下來，壓低身子，又拍了幾張青草的照片。

丹和我對望一眼。我看不出來那些草有何特殊之處，但是我猜這就是我沒辦法成爲攝影師的原因吧。

當贊恩站起身來，一隻黑褐相間的小花栗鼠蹦蹦跳跳的奔過池塘邊。贊恩抓起相機，朝牠拍了幾張照片。

「嘿！我想我拍到牠了！」他開心的喊道。

「太棒了！」我喊道。

這句英文怎麼說

我們在池塘邊盤桓了一陣子。
We hung out at the pond for a while.

這個早晨似乎萬事美好。

我們在池塘邊盤桓了一陣子，又在樹林裡散步了一會兒。後來我們開始覺得有些餓了，於是便騎車回家。

當我們正要把腳踏車放回車庫，贊恩看見了我們後院的那口老井。

「酷！」他藍色的眼睛陡然一亮，喊道：「我們去瞧瞧！」

他一隻手握著相機，跳下腳踏車，穿過草地往那口井跑去。

那是一口石砌的圓井，平滑的灰石上覆滿綠色的青苔。上頭本來有個尖尖的紅屋頂，但是在一次暴風雨中被掀了起來，爸爸便將它撤掉了。

丹和我小時候常常假裝井裡住著妖怪和侏儒，互相嚇唬對方。但是這些年來我們都不怎麼注意這口老井了。

爸爸老是說要把它拆除、填平，但始終抽不出空來。

贊恩拍了幾張照片。「井裡還有水嗎？」他問道。

「我不知道。」我聳聳肩回答。

丹環住贊恩的腰喊道：「我們可以把你扔下去，看看會不會濺起水花！」

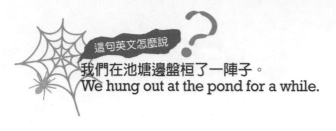

贊恩掙脫我弟弟的手。「我有個更好的主意。」他拾起一顆石頭，扔進井裡。

許久之後，我們才聽見井底傳來「噗通」一聲。

「酷！」贊恩喊道。他又拍了幾張照片，直到底片用完爲止。

接著我們進屋去吃午飯。大夥兒快步上樓，要先清洗一下。

贊恩在他的房門口突然停下腳步。

我看見他的眼珠鼓了出來，嘴巴張得老大，臉色倏然變白。

丹和我奔到他身邊。

我們瞪眼看著房裡——不禁失聲驚呼。

這句英文怎麼說

書架都被清空了。
The bookshelves had been emptied.

17.

「這……這房間……被搗得稀巴爛！」丹結結巴巴的說。

我們三個人在門口擠成一團，瞪大了眼睛看著房間裡，瞪視著那難以置信的混亂景象。

起先我以爲或許是贊恩整晚把窗戶開著，狂風把所有的東西吹得亂七八糟。

但這講不通啊！

所有的衣物都被人從衣櫥中扯了出來，扔在地上；櫃子的抽屜也被拉出，翻倒在地毯上。

書架都被清空了，書籍散落在地板和床上——亂扔在每個角落。一個床頭櫃側立著，另一個則上下顛倒，立在床頭。檯燈倒在櫥櫃前的地板上，燈罩都被撕

裂了。

「你們看——！」贊恩指著房間的中央。

在一團衣物糾結堆成的小山上，洛基赫然坐在那兒。

那木偶直挺挺的坐著，雙腿不經意的盤在身前。

它朝我們冷笑著，像是在挑戰我們敢不敢進去。

「我……我真不敢相信！」我喊道，拉扯著兩邊的頭髮。

「不敢相信什麼？」

媽媽的聲音嚇得我跳了起來。

我轉過身，看見她從臥室出來，一邊朝我們走來，一邊把藍色毛衣塞進牛仔褲裡。

「媽——！」我喊道：「發生了可怕的事！」

她的微笑消褪了。「到底是——？」她開口問道。

我讓開一步，好讓她看見贊恩房裡的景象。

「噢，不！」媽媽雙手按著臉頰，失聲驚呼，她用力的嚥著口水：「有人闖

這句英文怎麼說

它朝我們冷笑著，像是在挑戰我們敢不敢進去。
He sneered at us as if daring us to enter.

進來嗎？」她的聲音很微弱，聽起來很害怕。

我快速的瞄了瞄我在走廊對面的房間。「不，我想沒有，」我說道：「只有這間房間被搞亂。」

「但是……但是……」媽媽氣急敗壞的說。接著，她的眼光停留在衣服堆上的洛基身上。

「它怎麼會在這裡？」媽媽質問道。

「我們也不知道。」我對她說。

「但這是誰做的呢？」媽媽喊道，雙手仍然按著臉頰。

「不是我們！」丹急忙澄清。

「我們整個早晨都在外頭，」贊恩喘著氣說，「不是崔娜，也不是丹或我。我們都不在家，我們在外頭騎腳踏車。」

「但是……這一定是什麼人做的呀！」媽媽大聲喊道：「有人故意搗爛這個房間！」

但會是誰呢？

我納悶著。

我的眼光在混亂中搜尋，最後停留在那尊冷笑的木偶上。

會是誰呢？

這句英文怎麼說

沒有跡象顯示有人闖入房子。
There was no sign that someone had broken into the house.

18.

大夥兒一起動手，將房間收拾成原狀。這耗費了一整個下午。摔在衣櫥前的檯燈壞了，其他東西則只需要撿起來放回原位就行了。大家一言不發，默默的收拾著。沒有人知道該說什麼。

媽媽起先想報警，但沒有跡象顯示有人闖入房子，其他房間都毫無異狀。

當我們還在收拾時，爸爸從攝影器材店回來了。當然，他大爲光火。

「你們要我怎麼樣？把閣樓的門鎖起來？」他對我和丹吼道。

他一把拎起洛基，甩到肩上，「這不再是惡作劇了，」爸爸瞇起眼睛瞪著我和丹，說道：「這一點都不有趣，這很嚴重。」

「但這不是我們做的！」我已經抗辯一百次了。

「哦，這也不是木偶做的，」爸爸反駁道：「這是我唯一確定的事。」

我可不確定任何事情，我心想。當爸爸走下通往閣樓的長廊，我凝視著洛基冷笑的臉。然後我彎下腰來，從地板上撿起摔破的檯燈。

這天夜裡，那些木偶又潛入我夢中了。

我看見它們在跳舞，十幾個木偶。樓上那些爸爸的木偶全到齊了。

我看見它們在贊恩的房裡跳舞，在那堆糾結的衣物和書堆上跳舞，在床上、在翻倒的床頭櫃上。

我看見洛基和露西小姐共舞，看見韋柏在五斗櫃上狂亂的跳著迴旋舞。

我還看見笑面仔——那個新來的木偶——被手舞足蹈的其他木偶環繞著，站在房間中央拍著它的木頭手掌，點著木頭腦袋，咧著大嘴笑著。

它們大大的木頭手掌在頭頂揮舞，細瘦的木腿彎曲旋轉。

它們在一片寂靜中舞著。沒有音樂。完全沒有聲音。

它們的身體扭呀、擺呀，臉上的表情卻僵硬、凝結，用眨也不眨的空洞眼睛

這句英文怎麼說

它們在一片寂靜中舞著。
They danced in silence.

朝彼此笑著——那種咧著鮮紅嘴唇、好不嚇人的僵硬笑容。

它們點頭、彎腰，傾身扭擺，在詭異的寂靜中笑著，笑著，一刻不停的笑著。

當我掙扎著從夢境中逃出來，那些笑臉也逐漸淡去。

我張開眼睛，慢慢轉醒。

我感覺有一雙沉重的手扼住我的脖子。

我和洛基那張醜臉對看著。

洛基壓在我身上。

那尊木偶坐在我的毯子上，壓著我。

它伸出雙手，伸出它那雙沉甸甸的木手，扼住我的喉嚨。

19.

我張大嘴巴，驚聲尖叫。

我的雙手猛然前伸，抓住那個木偶的手。

我雙腿亂踢，踢掉了毯子，朝那木偶踹去。

它那雙大眼睛彷彿受驚似的瞪視著我。

我抓住它的腦袋，把它從我身上推下去。

我坐了起來，渾身不住顫抖，攔腰抓起那個木偶。

我將它扔到地板上。

天花板上的燈亮了起來，爸爸、媽媽一起衝進我的房間。

「出了什麼事？」

這句英文怎麼說

天花板上的燈亮了起來。
The ceiling light flashed on.

「崔娜——怎麼回事？」

當他們看見四肢攤開、趴在我床邊地板上的木偶時，兩人都嘎然停下腳步。

「它……它……」我喘著氣，指著洛基。我努力的調整呼吸。「洛基……它跳到我身上。它想要掐死我！我……我醒了過來，然後……」

爸爸咆哮一聲，揪著自己的頭髮。

「這一定得停止！」他吼道。

媽媽在我身邊的床上坐了下來，伸手環抱著我。我沒辦法讓肩膀停止顫抖。

「太可怕了，」我哽咽著說：「我一醒過來……它就在那兒！」

「這太離譜了！」爸爸朝空中揮著拳頭，尖聲叫道：「太離譜了！」

媽媽安撫我平靜下來，接著我和她還得安撫爸爸。

最後，當大家都平靜下來後，他們熄了燈走出房間。他們關上了房門，我聽見爸爸將洛基扛回閣樓上。

或許爸爸真的應該給閣樓的門上鎖，我心想。

我閉上眼睛，試著不要去想洛基，或是贊恩，或是那些木偶——或是任何事情……

沒一會兒，我一定是飄回夢鄉了。

我不知道我睡了多久。

我被敲門聲驚醒。

兩聲清晰的敲門聲，接著又是兩聲。

我吸了口氣，坐直起來。

我知道，一定是洛基回來了。

這句英文怎麼說

我長長的吁了口氣。

I let out my breath in a long whoosh.

20.

房門「吱嘎」一聲，慢慢的開了。

我深吸一口氣，然後憋著，透過黑暗瞧過去。

「崔娜……？」那聲音輕輕說道：「崔娜……妳醒著嗎？」

門縫處，一道方形的灰色光線從走廊射入房裡。丹探頭進來，接著朝房裡踏進幾步。

「崔娜？是我。」

我長長的吁了口氣。

「丹——你想做什麼？」我的聲音因爲睡意而變得粗啞。

「我全聽見了。」丹走到我床前，說道。

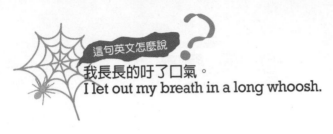

他將睡衣的一隻袖子拉下來，接著抬起眼睛望著我。「是贊恩把洛基放在妳床上的，是贊恩做的！」丹壓低聲音說道。

「嗄？你爲什麼這麼說？我們講和了，記得嗎？贊恩答應不再惡作劇了呀！」

「沒錯，」丹低聲說道：「現在贊恩覺得他眞的可以好好的嚇唬我們，因爲我們不再疑心他了。贊恩沒有罷手，崔娜，我很確定。」

我咬著下唇。

我試著思考丹說的話，但我實在太睏了！

丹挨近了些，興奮的耳語道：「今天早上我們騎車出去之前，贊恩跑回樓上的房間，記得嗎？他說他忘了帶相機。所以……在我們離開屋子之前，他有時間搗爛他的房間。」

「嗯，或許。」我喃喃的說。

「今天晚上，他又把洛基搬下來，放在妳床上。我很確定，」丹篤定的說：「我確定是贊恩。我們得再上閣樓埋伏，明天晚上。我們會再活逮贊恩一次，我知道我們會的。」

這句英文怎麼說

我咬著下唇。
I bit my lower lip.

「再上閣樓埋伏？我才不要！」我喊道：「那上頭好熱，而且教人發毛。我要離那些木偶越遠越好！」

「我知道我是對的。」我老弟嘆了口氣低聲說道。

「我不知道我知道什麼，」我回答：「我什麼都不知道。」我鑽進被窩，把毯子拉到頭上，試著再度入睡。

第二天早晨，爸媽準備著歡迎贊恩和卡爾伯父的晚餐派對。他們邀請了街坊鄰居柏區和康菲德兩對夫婦，還有蘿蘋表姊和她丈夫佛萊德。

佛萊德這傢伙很棒，大家都叫他「青蛙仔」，因爲他能像青蛙那樣鼓起兩頰，而且他又矮又胖，眞的很像青蛙。

他總能逗得我哈哈大笑，他知道無數個很棒的笑話，蘿蘋總是試圖叫他住口，但他從來不聽。

爸媽很少辦派對，所以他們得大費周章，花了一整天才把飯廳佈置好。他們擺好餐桌，備妥食物。

媽媽烤了一條羊腿，爸爸則準備了他最拿手的加勒比海焗烤馬鈴薯，非常香辣夠味。

媽媽買了鮮花裝飾餐桌，還把通常過節時才用的漂亮杯盤全搬了出來。

當大夥兒在餐桌旁就座時，整個餐廳看起來眞是棒極了。

丹、贊恩和我坐在餐桌的一頭，佛萊德則跟我們坐在一起。我猜，這是因爲他本身就是個大孩子吧！

佛萊德跟我說了個關於白癡的笑話。正當我哈哈大笑時，卻看見贊恩從座位上跳了起來。

「你要上哪兒去？」我朝他喊道。

贊恩在飯廳門口回過頭來。「去拿我的相機，」他回答：「我想在餐桌還沒弄亂之前拍幾張照片。」

他消失在樓梯上方。

幾秒鐘後，我們聽見一聲可怕的尖叫。

每個人都跳了起來，椅子腳「嘎啦嘎啦」劃過地板。

這句英文怎麼說

媽媽買了鮮花裝飾餐桌。
Mom bought flowers for the table.

我們全奔上樓梯。

我是頭一個跑到贊恩房間的，我從門口看見他站在房間中央。

我看見他臉上憎惡的表情。

接著我看見他手上的相機。

或者說——相機的殘骸。

它看起來像被卡車輾過似的。

底片匣蓋被扭脫下來，掉在地上。鏡頭被砸爛了，整個機身都歪歪扭扭，破爛不堪。

贊恩將相機翻轉過來，一邊搖頭，一邊悲傷的凝視著它。

我抬起眼睛往床上望去，只見洛基坐在床單上，一捲被拉散的灰色底片橫在它的膝蓋上。

爸爸衝進房間，所有的客人也跟著湧了進來。

「怎麼回事？」有人問道。

「那是贊恩的照相機嗎？」

「想要拍我時就會發生這種事。」佛萊德打趣道。

沒有半個人笑，這一點也不好笑。

爸爸從贊恩的手中接過相機，臉孔脹成醬紫色。爸爸仔細的檢視著它，表情嚴厲極了。

「這不是惡作劇了。」他低聲說道。

在房裡嘰嘰喳喳的聲音下，我幾乎聽不見他說的話。

大家紛紛議論起來。

「我絕不容許這種事情發生。」爸爸嚴肅的說，他抬眼看看丹，又看看我，一言不發的瞪著我們兩個，好久、好久。

贊恩長嘆一聲。

我轉過頭去，看見他快哭出來了。

「贊恩……」我開口想安慰他。但是他怒吼一聲，推開佛萊德和柏區夫婦，奔出了房間。

「這裡某個人做了件非常惡劣的事，」爸爸悲傷的說，他將相機舉到面前，

這句英文怎麼說

這是贊恩最寶貴的財產。
It was Zane's most prized possession.

用手指撫過破掉的鏡頭。「這是台非常昂貴的相機，這是贊恩最寶貴的財產。」

所有客人鴉雀無聲。

爸爸的眼睛還是盯著我和丹，開口要說些什麼。但是這時候，我們聽見樓下傳來了震耳欲聾的碎裂聲。

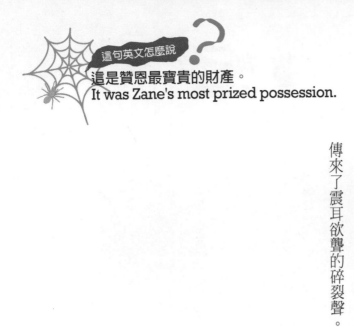

21.

「又是怎麼回事？」爸爸喊道。他將壞掉的相機扔到床上，衝出了房間。

其他的人也都快步跟去。大夥兒七嘴八舌，議論紛紛。我聽見他們的鞋子「砰砰砰」踏過樓梯，一路響到樓下。

「你還是認爲這些事情都是贊恩做的嗎？」我轉向丹問道。

「或許吧。」丹聳聳肩說。

「不可能，」我對他說：「贊恩不可能會砸毀他自己的照相機。他愛死他的相機了，絕不可能只爲了陷害我們而砸壞它。」

丹抬起不安的雙眼看著我，「那我就不明白了。」他用細微的聲音說道。我看得出他臉上透著恐懼。

這句英文怎麼說

贊恩不可能會砸毀他自己的相機。
No way Zane is going to smash his own camera.

這時樓下傳來幾聲驚呼，還有戒懼的呼喊。

「我們趕緊去瞧瞧下一個災難又是什麼。」我翻翻白眼，說道。

我們同時奔到臥室門口，一起擠了出去。

接著我領頭跑過走廊，奔下樓梯。

我壓抑著心中的恐懼，走近飯廳。

我知道，這屋子發生了怪事，爸爸說得沒錯，這不是惡作劇。

搗爛贊恩的房間不是惡作劇，而是邪惡的行徑。

砸毀贊恩的相機，也很邪惡。

想到洛基，我就不寒而慄。這木偶總是在場，只要有邪門的事發生，現場總少不了洛基。

崔娜，別發瘋了！我斥責自己。一個腹語木偶哪談得上邪惡不邪惡？別再胡思亂想了！

這想法太瘋狂了，簡直是天方夜譚。

但是我還能怎麼想呢？

我的喉頭一緊，嘴巴突然乾澀無比。

我深吸一口氣，領頭走進飯廳。

我看見爸爸站在廚房門口，摟著媽媽的肩膀，媽媽把頭埋進爸爸的臂彎裡。

她在哭嗎？

是的。

客人全都靠牆站著，不住的搖著頭。他們的表情既嚴肅又困惑，彼此低聲交談，注視著眼前的災難。

災難，可怕的災難。

餐桌一片狼藉。

首先映入眼簾的是翻覆的杯盤，爸爸的焗烤馬鈴薯被塗抹在桌布上，還有一塊塊的馬鈴薯黏在牆上和瓷器櫃的前面。

沙拉傾倒在地板和椅子上，麵包被撕成小塊，散落滿桌。鮮花被人從花梗上扯下來，花瓶倒在桌上，水流得滿桌都是，還在地板上積成一灘。

玻璃杯也都被翻倒了。一瓶紅酒倒了下來，桌布上漫著一灘暗紅色的酒漬。

這句英文怎麼說

媽媽把頭埋進爸爸的臂彎裡。
Mom had her head buried against Dad's shirtsleeve.

我聽見媽媽在啜泣，也聽見爸爸輕聲勸慰，想要讓她平靜下來。

我看見所有的客人都搖著頭，臉上滿是不安、擔憂，以及困惑。

這時丹抓住我的肩膀，示意我轉向桌子那頭。

只見兩個木偶坐在飯廳椅子上。

是韋柏和那個新木偶——韋柏和笑面仔。

它們坐在餐桌旁，朝彼此咧嘴而笑，手中還拿著酒杯，彷彿在慶賀，在向對方舉杯敬酒。

22.

那天夜裡，丹和我再度躲藏在沙發後面。閣樓裡一片漆黑，暗得我連坐在身旁的弟弟都幾乎無法看見。

我們都只穿著睡衣、睡褲。空氣又乾又熱，但我的雙手和赤裸的腳丫卻感到冰冷、濕黏。

我們輕聲交談著，雙腿平伸在地板上，背靠著沙發椅背。我們一邊談話，一邊等待——並且側耳聆聽，聆聽著每個聲響。

接近午夜了，但是我並不想睡。我十分警醒，準備應付任何狀況。

準備再次活逮贊恩。

這一次，我還帶了我的閃光傻瓜相機。當贊恩溜上閣樓，要把木偶扛下樓時，

這句英文怎麼說

這就是說服我贊恩是禍首的理由。
That's what convinced me that Zane was guilty.

我就拍下他的照片，那麼我就有證據給爸媽看了。

是的，我終於認定丹是對的。

搗毀我們屋子的鐵定是贊恩。

他搗爛我們的屋子，還想要嚇唬每一個人，讓大家以爲木偶復活了。

「但他爲什麼要這樣做呢？」我對丹耳語道：「上回贊恩來的時候，我們有把他嚇得那麼慘嗎？以致於他要不擇手段的報復？」

「他有病，」丹低聲咕噥，「這是唯一的答案。他變態。」

「變態到砸爛自已的相機。」我搖著頭，低聲說道。

「變態到跑到樓下，搗爛整個飯廳。」丹補充道。

飯廳。這就是說服我贊恩是禍首的理由。

當時我們全都在樓上贊恩的房裡，檢視他被砸爛的相機。

贊恩是唯一在樓下的人。

贊恩是整間屋子裡唯一可能搗爛飯廳、毀掉晚餐的人。

當然，他裝出一副驚駭莫名的樣子；當然，他表現得像是對整件事一頭霧水的模樣。

這眞是個悲慘至極的夜晚呀！

晚宴的賓客們都不知道該對爸媽說些什麼。這個謎團太嚇人了，沒有人知道答案。

客人們幫忙收拾殘局，食物全都毀了，不能吃了。反正也沒有人有胃口。飯廳一清理好，客人便紛紛告辭了。

當最後一位客人離去時，我轉向丹。「噢，」我低聲說道：「家庭會議時間，我們現在準備好好挨訓吧！」

但是我猜錯了，媽媽匆匆上樓回房，爸爸說他太痛心了，不想跟任何人說話。卡爾伯父問爸爸，要不要他開車去買點炸雞或漢堡什麼的。

爸爸只是對他皺皺眉，便踏著沉重的步子走了。他將笑面仔和韋柏搬上閣樓。我聽見他摔上閣樓的門，接著便消失在臥房中，安慰媽媽去了。

「我……我眞不敢相信，我那麼好的相機竟然被毀掉了。」贊恩轉向他爸爸嗚咽著說。

這句英文怎麼說

反正也沒有人有胃口。
No one felt like eating.

「我打賭你丹尼叔叔會送你一台他店裡的新相機。」卡爾伯父伸手按著贊恩的肩頭。

「但是我喜歡我的老相機！」贊恩哀號道。

就是在這時候，我認定是他在搞鬼。他是個假仙鬼，我心想。他一直在假裝——在我和丹面前演戲。

但我可不會上當，門兒都沒有。

我檢查傻瓜相機，確定它裝了底片，然後便拉著丹，悄悄的爬上閣樓等待。在黑暗中等候，準備活逮贊恩。

我要一勞永逸的終結我家的災難。

我們並沒有等待很久。大約半小時後，我聽見了閣樓的地板上響起輕輕的腳步聲。

我深吸一口氣，整個身子緊繃起來，差點把相機給摔了。

在我身旁，丹悄悄的跪坐起來。

我的心臟怦怦直跳，悄悄的爬到沙發邊緣。

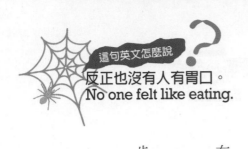

嗒，嗒。

拖著的腳步落在光禿禿的地板上。

我看見一個黑暗的身影彎下腰來，從椅子上提起一個木偶。

「是贊恩，」我小聲的對丹說：「我就知道！」

在濃重的黑暗中，我可以看見他扛著那個木偶往樓梯走去。

我站起身來，雙腿顫抖著，但動作還是很迅速。

我舉起相機，繞到沙發前面。

按下快門。

一陣炫目的白光照亮整個房間。

我又拍了一張。

又是一陣白色的閃光。

在那道閃光中，我看見洛基吊掛在贊恩的肩上。

不。

不是贊恩！

這句英文怎麼說

一陣炫目的白光照亮整個房間。
The room flashed in an explosion of white light.

不是贊恩，不是贊恩！

在閃光中，我看見洛基懸吊在另一個木偶的肩膀上。

笑面仔！那個新來的木偶！

扛著洛基走向樓梯的，竟然是那個新來的木偶！

23.

那個木偶回過頭來。

我的手摸索著電燈開關。我扭亮了電燈。

我全身僵硬的站在沙發前。

我太震驚了，動彈不得。

「笑面仔——站住！」我尖叫道。

那木偶臉上的笑容消褪了，它瞇起眼睛瞪著我。

「我不叫笑面仔，」它啞著嗓子說道，聲音粗嘎而刺耳。「我的名字叫小巴掌。」

它轉身繼續走向樓梯。

這句英文怎麼說

我們兩個同時往那木偶撲去。
We both made a dive for the dummy.

「快攔住它！」我對弟弟喊道。

我們兩個同時往那木偶撲去。

小巴掌轉過身來，一把將洛基從肩上扯下——朝丹擲過去。

我攔腰抱住小巴掌，將它壓在地上。

它猛力揮舞著雙手，一掌擊中我的額頭。

「哎呀！」一陣痛楚流竄全身，我不禁痛呼一聲。

我的雙手從那木偶的細腰上滑脫。小巴掌敏捷的跳起來，笑得十分得意，充滿挑釁的意味。

它顯然樂在其中！

它用大皮鞋的鞋尖朝我腹側踢來。

我的腦袋還在陣陣抽痛，趕緊打滾閃開。我回頭一看，只見丹正從背後抓住那木偶。

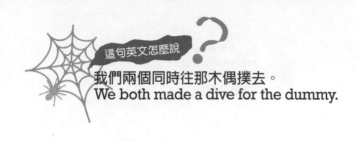

丹用頭去撞那木偶的背，兩人一起重重的摔在地板上。

「放開我，奴隸！」小巴掌用它那粗嘎難聽的聲音喝道：「你們現在是我的奴隸了！快放開我！我命令你！」

趁著丹和小巴掌在地上扭打，我趕緊跪坐起來。

「它——它力氣好大！」丹對我喊道。

小巴掌翻到丹的身上，開始用那雙木頭拳頭搥打他。

我抓住小巴掌的肩膀，使盡全力拉著它。

小巴掌揮動雙臂，依舊不斷痛毆我老弟。

我使勁拉扯，想要將它從丹的肚子上拉下來。

「放手！放手！」那木偶尖聲叫道：「快放手，奴隸！」

「快下來！」我喊道。

我們的打鬧聲好不喧囂，以致於我沒聽見樓下的閣樓門打開了，也沒聽見有腳步聲奔上樓梯。

一張臉孔出現了，接著是龐大的身形。

「爸爸！」我上氣不接下氣的喊道：「爸——快看！」

「你們到底——！」爸爸喊道。

這句英文怎麼說

爸爸「嘖嘖」兩聲，搖了搖頭。
Dad tsk-tsked and shook his head.

「爸爸——它是活的！這木偶是活的！」我尖叫著說。

「什麼？」爸爸瞇起眼睛，透過眼鏡注視著地板上的木偶。

那木偶毫無生氣的仰躺在丹的旁邊，一隻手臂扭曲著壓在背後，兩條腿都彎著膝蓋，摺成兩截。

它的嘴巴大張，露出那油漆描成的笑容，兩眼空洞的瞪著天花板。

「它是活的！」丹堅稱：「眞的！」

爸爸凝視著那無聲無息的僵硬木偶。

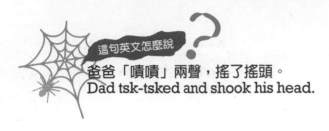

「這個木偶抓起洛基！」丹喊道，聲音興奮而尖銳。「它說它叫小巴掌，它拎起洛基，要把它扛到樓下！」

爸爸「嘖嘖」兩聲，搖了搖頭。「別鬧了，丹。」他聲音雖低，卻透著怒氣。「馬上給我停止！」他抬起眼睛看看丹，又看看我。「我知道一切都是你們兩個搞的鬼。」

「但是，爸爸——」我抗議道。

「我又不是笨蛋，」爸爸怒目瞪著我，厲聲說道：「妳不能指望我相信木偶會復活、還會扛著另一個木偶到處跑的蠢故事。你們兩個腦袋都壞了嗎？」

「我們說的是眞話。」丹堅持道。

我們兩個凝視著地上的小巴掌，它看起來的確不像是活的。有一瞬間，我有種恐怖的感覺，以爲剛才那一幕是在做夢。

但是這時我記起了一件事。「我有證據！」我喊道：「爸爸，我能向你證明我和丹沒有說謊。」

爸爸揉捏著頸背。「我好累，」他抱怨道：「這眞是漫長、可怕的一天。拜託，饒了我吧，崔娜。」

「但是我拍下了照片！」我對他說道：「我拍到了小巴掌扛著洛基的照片！」

「崔娜，我警告妳——」爸爸開口道。

但是我迅速轉身，尋找我的相機。

它在哪兒？到哪兒去了？

我花了好幾秒鐘，才看見相機掉在沙發旁邊靠牆的地板上。

我快步跑過去撿起它，卻半途停了下來。

這句英文怎麼說

我對你們兩個失望透了。
I'm so disgusted with both of you.

照相機的背蓋彈了開來。底片曝光了，照片全毀了。

我知道，相機一定是在我撲過去擒抱小巴掌時，從手中飛出去的。

我拾起相機，悲傷的檢視著。

照片沒了，證據也沒了。

我轉過身，看見爸爸對著我皺皺眉頭，「別再浪費我的時間了，崔娜。你們被禁足了，直到我通知解禁為止。我對你們兩個失望透了。等你們的堂哥離開，我和你媽再研究該怎麼樣處罰你們。」

接著爸爸朝小巴掌和洛基揮揮手。「把它們放回去，馬上。不准你們再上閣樓來，離我的木偶遠一點。我要對你們說的只有這些。晚安。」

爸爸斷然的轉過身去，踏著沉重的腳步走下樓梯。

我朝丹望了一眼，聳了聳肩，我不知道該說什麼。

我的心臟怦怦跳著。

我好生氣，好沮喪，好受傷。

我覺得我的胸膛就要炸開了。

我彎下腰去拾起小巴掌。

那木偶朝我眨了眨眼。

它猙獰的笑容咧得更開了。

接著它噘起鮮紅的嘴唇，發出一陣噁心、潮濕的親吻聲。

這句英文怎麼說

我仍然不敢相信這是真的。
I still couldn't believe this was happening.

24.

「別碰我，奴隸！」小巴掌咆哮道。

我倒吸一口氣，往後一跳。我仍然不敢相信這是真的，我雙臂環抱著身子，讓自己停止顫抖。

「你……你真的是活的？」丹輕聲問道。

「用你那顆軟腦袋打賭，我當然是活的！」那木偶吼道。

「你想做什麼？」我喊道：「你為什麼這樣對我們？為什麼要害我們惹上麻煩？」

它的臉上浮起那種醜惡的獰笑，「如果你們好好侍奉我，奴隸們，或許我可以不再讓你們惹上麻煩。或許你們能交上好運。」它敲敲自己的腦袋，說道：「敲

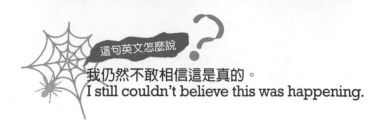

敲木頭，好運臨頭。」

「我們不是你的奴隸！」我堅決的說。

它仰起頭，發出一聲乾澀的獰笑，「這兒誰是玩偶呢？」它喊道：「是你還是我？」

「把洛基扛下樓的一直是你？」丹問道。我看得出來，我老弟不敢相信這是眞的。

「你們不會以爲那袋乾柴破布能自己走動吧？」小巴掌嗤之以鼻。「我跟那個醜傢伙玩得挺樂的，我把它放在犯罪現場，混淆你們的目標，讓你們這些奴隸猜個過癮！」

「那麼，砸壞贊恩的照相機、毀掉晚餐派對的，也是你囉？」我質問道。

它雙眼瞇起，形成兩道邪惡的縫隙。「如果你們這些奴隸不順從我，我還有更惡毒的招數沒使出來呢！」

我只覺得體內升起一股怒氣。「你……你會毀掉一切！」我對它尖叫道：「你會毀掉我們的生活！你會讓我們暑假沒辦法參加夏令營！」

這句英文怎麼說

我跟那個醜傢伙玩得挺樂的。
I had some fun with that ugly guy.

「你們休想參加什麼夏令營。你們得待在家裡，好好伺候我！」

小巴掌竊笑了幾聲。

我怒氣爆發，忍無可忍。

「不——！」我發出長長一聲抗議的嘶吼。

我用雙手抓起它的腦袋，開始拉扯。

我記得爸爸發現它的時候，它的腦袋裂成了兩半。我打算把它的腦袋扯裂——再度撕成兩半！

它發瘋似的踢著腿，狂揮著雙臂。

它厚重的皮鞋踢著我的腿。

但我緊抓著它，用力拉，用力扯，努力要把它的腦袋扯裂。

「讓我來！讓我來！」丹喊道。

我喘了一口氣，放手將那尊木偶摔在地上。「沒有用，」我對丹說：「爸爸黏得太牢了，完全拉不動。」

小巴掌翻身爬了起來，它搖著腦袋，「謝謝妳的頭皮按摩，奴隸！現在替我揉背！」它哈哈大笑，那猙獰的乾笑聽來更像是咳嗽。

丹睜大眼睛，驚恐的注視著那個木偶。「崔娜……我們該怎麼辦？」他低喊道，聲音只比耳語大一點點。

「來玩個遊戲，叫做『把木偶踢下樓』如何？」小巴掌斜睨著我們，提議道：「我們輪流當木偶，你先！」

「我們……我們得想想辦法！」丹結結巴巴的說：「它是個妖怪！它是惡魔！我們一定得除掉它！」

但是要怎麼樣才能除掉它呢？我苦思著。

該怎麼辦？

這時我想到了一個主意。

這句英文怎麼說

小巴掌一定是看出了我的心思。
Slappy must have read my thoughts.

25.

小巴掌一定是看出了我的心思。

它轉身拔腿就跑。

但是我快速俯衝過去，兩手環抱住它細瘦的雙腿，我將它的兩條腿像扭麻花般扭在一起，奮力要打成一個結，只聽它發出一聲刺耳的怒吼。

它揮出手臂，木頭手掌擊中了我的耳朵。

但是我忍住不退。

「丹——抓住它的手臂！快！」

我老弟快速欺近，小巴掌試圖要把他擊退。但是丹迅速伏低，抬起頭時，已經緊緊抓牢了小巴掌的手腕。

「放開我，奴隸！」那木偶厲聲說道：「立刻放開我。你們會後悔的！你們得付出代價！」

我看見丹臉上露出懼色。

小巴掌甩脫了一隻手，揮向丹的咽喉。

但是丹伸出手來，再度捉住了那隻鬆脫的手臂。

我覺得有好多眼睛在看著我。

我抬眼一瞥，看見屋子四周的其他木偶。它們似乎在觀看我們打鬥。一群靜默的觀眾。

我從一個木偶的脖子上解下一條紅領巾，將它塞進小巴掌的嘴裡，好讓它安靜。

「下樓！快！」我指揮我老弟。

那木偶扭動掙扎，想要掙脫。

但是我將它的兩條腿綁在一起，丹也牢牢的抓住它的雙臂。

我們開始走向閣樓的階梯。

「我們要把它抬到哪兒？」丹問道。
「外頭。」我回答。
那木偶猛然弓起身子，用力扭動。我差點鬆手將它摔下。
「穿睡衣出去啊？」丹問道。
我點點頭，開始倒退著走下樓梯。小巴掌死命的掙扎著，我險些失去平衡，倒栽蔥跌下樓梯。
「我們走不遠的。」我呻吟道。
我們跌跌撞撞，設法下了樓梯。
我必須放開一隻手好去打開大門，小巴掌猛然屈膝，雙腿試圖掙脫。
我推開門後，再次抓住它的雙腿。
我和丹把這個扭動不已的木偶抬出了門外。
這是個冷冽、清朗的夜晚，草地上鋪著一層銀色的薄霜，一輪弦月高掛樹梢。
「噢——」當我赤裸的腳丫踏上結霜的草地時，我不禁呻吟。
「好……好冷呀！」丹結結巴巴的說：「我快撐不下去啦！」

這句英文怎麼說

我將它的兩條腿綁在一起。
I had his legs tied around each other.

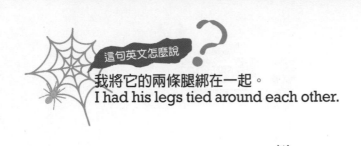

我看見他打了個哆嗦。

幾片雲朵遮住月亮，前院的草坪突然暗了下來。我的雙腿也在顫抖，潮濕的寒氣滲進了我單薄的睡衣裡。

「我們要把它抬到哪兒？」丹耳語道。

「繞到後院去。」

小巴掌使勁亂踢，但是我抓得很牢。

有個東西蹦蹦跳跳的從我的光腳丫旁跑過，我聽見急促的腳步聲奔過結霜的地面。

是兔子嗎？

還是浣熊？

我沒有停下來查看，我雙手抓著小巴掌的腳踝，勉力的繼續走，沿著屋子的側邊走去。

「我的腳麻掉了！」丹哀叫道。

「快到了。」我回答。

這句英文怎麼說

銀色的月光照亮了那口石砌的古井。
The silver moonlight lit up the old stone groaned.

小巴掌從塞住它嘴巴的手巾底下發出粗啞的嘶吼。它圓睜的雙眼狂亂的轉動，再一次猛踢雙腿，想要掙脫。

丹和我將它抬到了後院，當我們來到那座老井旁邊，我的腳也凍麻了，渾身冷得直打顫。

「現在我們該怎麼辦？」丹用細微的聲音問道。

雲朵緩緩飄開，陰影也隨之消散。

銀色的月光照亮了那口石砌的古井。

「我們要把它扔進井裡。」我哼著說道。

丹訝異的瞪眼看著我。

「它很邪惡，」我解釋道：「我們別無選擇。」

丹點點頭。

我們將小巴掌抬到井口平滑的石頭上。

它又扭又踢，被塞住的嘴巴試圖叫喊。

我看見丹又打了個冷顫。

「這只是個木偶，」我對他說：「不是眞人。它只是個邪惡的木偶。」

我們同時用力一推。

那個木偶滑下石砌的井壁，掉進了古井中。

丹和我靜靜的等待，直到井底深處傳來「噗通」一聲。

然後我們肩並著肩跑回屋裡。

我們除掉它了！我愉快的想著。

我開心極了。

那邪惡的東西永遠消失了。

那天晚上我睡得好極了，沒有夢到木偶。

第二天早晨，我在走廊上遇到丹，我們都面露微笑，心情超好。

當我跟著丹下樓吃早餐時，我甚至還唱起歌來。

爸爸滿臉怒容在廚房門口迎接我們。

「它怎麼會在這裡？」爸爸質問道。

這句英文怎麼說

那邪惡的東西永遠消失了。
The evil thing is gone for good.

他指著廚房裡頭。

指向餐桌。

指著坐在餐桌旁的小巴掌。

它露出那油漆描成的醜陋笑容，兩眼圓睜，滿臉無辜。

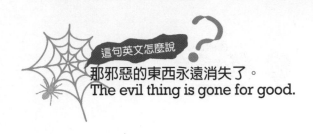

26.

丹張口結舌。

我失聲尖叫。

「別裝出一副驚訝的樣子，快把它弄出去！」爸爸怒氣沖沖的說：「還有，爲什麼它渾身溼透了？你們讓它在外頭淋雨嗎？」

我朝廚房窗外一瞥。閃電劃過深灰色的天空，滂沱大雨敲在窗戶玻璃上，雷聲隆隆的在頭頂悶響。

「今天早上天氣眞糟呀！」卡爾伯父走到我和丹背後說道。

「我已經煮好咖啡了。」爸爸對他說。

「我瞧見你們的朋友搶先下來吃早餐了。」卡爾伯父指了指小巴掌說道。

這句英文怎麼說

我已經煮好咖啡了。
I've got coffee ready.

那木偶笑著的大嘴似乎咧得更開了。

「快把它弄出去，崔娜！」爸爸厲聲重複一遍。「早餐有誰要吃煎餅？」他走向廚櫃，動手翻找煎鍋。

「多煎幾塊給我，我餓壞了。」卡爾伯父說道：「我去瞧瞧贊恩起床了沒。」他轉身匆匆走出廚房。

爸爸探頭到廚櫃裡，把裡面的鍋碗瓢盆翻得砰砰作響，尋找他一向用來煎餅的平底鍋。

「爸爸，我得告訴你一件事。」我小聲的說道。我再也按捺不住了，我得把眞相告訴爸爸，我得告訴他整個前因後果。

「爸爸，小巴掌是個惡魔，」我對他說道：「它是活的，而且很邪惡。昨天晚上我和丹把它扔進了井裡，我們非擺脫它不可。但是現在——它又回來了。你得幫助我們，爸。我們一定得擺脫它，立刻！」

我深吸了一口氣，然後呼了出來。能夠一吐心中的祕密，感覺眞好。

爸爸從廚櫃中伸出頭來轉向我，「妳剛才說了什麼嗎，崔娜？我弄出太大的

噪音了，聽不見妳說話。」

「爸，我……我……」我結巴了。

「把那個木偶弄出去——立刻！」爸爸吼道，接著又把頭探進廚櫃裡。「好端端的一個煎鍋，怎麼就這麼消失了呢？」

我洩氣的嘆了口氣，一聲響雷驚得我跳了起來。

我點頭示意丹過來幫忙。我們將小巴掌從椅子上抬起，我抓住它的腰際，盡可能離它遠遠的。它的灰色外套溼透了，水從黑皮鞋上滴落。

當我們爬到樓梯中央，小巴掌朝我們眨了眨眼睛，又咯咯的輕笑了一聲。

「不賴嘛，奴隸們，想甩掉我呀！」它嘎聲說道：「趁早放棄吧，我是不會走的，絕不！」

這句英文怎麼說

丹和我癱坐在起居室的沙發上。
Dan and I slumped on the couch in the den.

27.

真是個陰鬱的早晨呀！

雨水敲打著窗戶，閃電劃過炭灰色的天空，隆隆的雷聲距離好近，似乎把屋子都撼動了。

我覺得這場暴風雨像是在我腦袋裡颳著，沉重的暴風雨雲壓得我喘不過氣。雷電彷彿在我腦袋裡爆炸開來，把我的思緒全淹沒了。

丹和我癱坐在起居室的沙發上，透過大窗戶上的威尼斯百葉簾看著外頭的暴風雨。我們埋頭苦思，想要找出擺脫小巴掌的辦法。

屋裡很冷，又濕又冷的空氣從老舊的窗戶漏了進來。我搓著毛衣的袖子，試著讓身子暖一些。

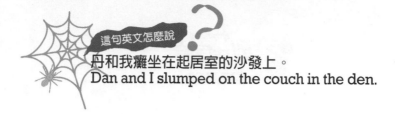

只有我們兩個在家，爸、媽、卡爾伯父和贊恩都進城去了。

「我嘗試告訴爸爸，」我說道：「你也聽見了，丹。我試圖告訴他小巴掌的事，但他沒聽見。」

「反正老爸也不會相信妳的，崔娜。」丹悶悶不樂的回答，接著他嘆了口氣。「誰會相信呢？」

「一個木頭做的人偶怎麼會復活呢？」我搖著頭，問道：「怎麼可能？」

這時我想起來了。

我有了個主意。

「快來！」我從沙發上跳起來，拉起我老弟的手臂。

「上哪兒去？」他往後一扯並問道。

「上閣樓去。我想我知道怎麼樣才能讓小巴掌睡著——永遠的沉睡。」

我在閣樓門口停下腳步，把丹拉住，「千萬別出聲，」我吩咐他：「小巴掌或許睡著了。要是這樣，我的計畫會順利得多。」

當我開門時，正好響起一聲雷。我領頭爬上樓梯，小心翼翼、一步一步慢慢

這句英文怎麼說

我朝下凝視著那尊邪惡的木偶。
I peered down at the evil dummy.

的移動。我聽見雨水敲打著屋頂，也看見閃電的光芒在低矮的天花板上閃爍。

當我走到樓梯的頂端，我停下腳步，轉身面對那些木偶。一道閃光透窗而入，在牆上投射出木偶腦袋的影子。隨著閃電的明滅，那些影子似乎都在移動。

丹上前一步，站在我身邊。「我們到了。現在要怎麼做？」他耳語道。

我豎起一根手指貼在唇上，開始躡手躡腳的走過地板。雷聲隆隆，在閣樓屋頂底下聽來響亮許多。

早上，當我和丹把小巴掌拖上閣樓時，我們隨手將它扔在地板上。我們太害怕、太驚駭了，顧不得把它好好的放在椅子上。我們只想趕緊扔下它，逃離閣樓。

在閃爍的白色電光中，我看見了小巴掌。它仰躺在地板的中央，其他木偶坐在它的四周，無聲的咧嘴笑著。

我踏近一步，又是一步，盡可能不發出聲音。

我朝下凝視著那尊邪惡的木偶，它的手臂攤在身側，雙腿交纏。它的眼睛是閉著的。

太好了！

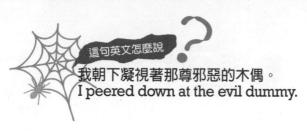

它閉著眼睛，它睡著了。

我又朝小巴掌走近了幾步，但是我感覺丹的雙手抓住我的手臂，用力的把我往後拉。

「崔娜——妳要做什麼？」他低聲問道。

我的眼睛瞄向小巴掌，它仍然沉睡著。

隆隆的雷聲從四面八方響起，我們彷彿被包圍在一片雷鳴之中。

「記得上次我唸的那些奇怪的文字嗎？」我對弟弟耳語，眼光不曾離開那個邪惡的木偶。「記不記得那張紙片上的奇怪文字？」

丹想了想，然後點點頭。

「嗯，或許就是那些文字讓它復活的，」我低聲說道：「或許那是某種祕密的咒語。」

「或許吧。」丹聳聳肩說，聽起來不抱什麼希望。

「我看見你把那張紙片塞回小巴掌的外套口袋，」我對弟弟說道：「我要把它拿出來，把那些文字再唸一遍。或許讓它復活的咒語同樣也能讓它再次沉睡。」

這句英文怎麼說

我能夠不驚醒小巴掌而把它抽出來嗎？
Could I pull it out without waking up Slappy?

當然，這是個瘋狂的主意。

但是木偶復活也很瘋狂，木偶想把你變成奴隸更是瘋狂。

這一切都太瘋狂了，或許我的主意瘋狂到能起作用。

「祝妳好運！」弟弟兩眼盯著地板上那個沉睡的木偶，悄聲說道。

我挨近小巴掌。

我在它身旁跪了下來。

我深吸一口氣，屏住呼吸，然後很慢、很慢的伸出手去，探向它的外套口袋。

我知道紙片是在那個口袋裡。我能夠不驚醒小巴掌而把它抽出來嗎？

我將手往下伸去，再往下。

我的手指碰到了外套口袋的開口。

我仍然憋著氣，開始將兩根指頭探進口袋中。

「逮到妳啦！」小巴掌尖叫一聲，猛然伸出雙手。它抓住我的兩隻手腕，使勁的捏起來。

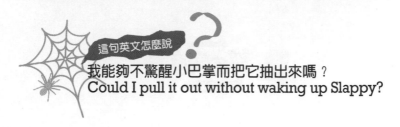

28.

我嚇呆了，差點摔到它身上。

就在我努力保持平衡之際，它的木頭手掌緊緊掐進我的手腕。它的雙掌越縮越緊，陷進我的皮膚裡。

「放開我！」我大聲尖叫。我掙扎著要掙脫手臂，但是它力氣太大了，太強壯了。

那硬梆梆的手指掐進我的手腕，越掐越緊，越掐越緊——直到阻斷所有的血液循環。

「放開我！快放手！」我的呼喊變成了尖銳的哀號。

「由我來發號施令，奴——奴隸！」小巴掌咬牙切齒的嘶聲說道，「妳得服

這句英文怎麼說

小巴掌的手始終不曾放鬆。
Slappy didn't loosen his hold.

從我，永遠服從我！否則就得付出代價！」

「放手！快放開我！」我尖叫，拉扯，掙扎著要站起來，上上下下猛揮著手臂。但是小巴掌的手始終不曾放鬆。

它整個身子彈到空中，接著撞上了地板，然後我又將它拉得彈了起來。

但是它的手掌箍得更緊了。

我始終無法掙脫。手腕的痛楚——那種劇痛——竄下我的手臂，竄下肋間，竄過我全身。

「把我扶起來，奴——奴隸！」那木偶嘶聲說道，「把我扶起來，放回椅子上。」

「放手！」我喊道：「你快把我的手腕捏斷了！快放手！」

那木偶回我一聲冷笑。

疼痛竄過我的全身，我的雙腿搖搖晃晃，雙膝一軟，又跪了下去。

我轉過頭，看見丹正衝向我們。

我以爲他要撲過來抓住那木偶的手，要幫助我脫困。

但是丹卻往木偶的外套口袋抓去。

小巴掌放開我的手腕，但是來不及了。

丹從它的口袋中抽出了那張紙片。

小巴掌往丹的手猛擊過去，想搶走那張紙。但是丹迅速轉身，將紙條打開，舉在面前。

接著他吼著唸出寫在紙上的神祕文字：「卡魯、瑪里、歐多那、羅嘛、摩羅努、卡雷諾。」

這咒語會生效嗎？

小巴掌會再度沉睡嗎？

這句英文怎麼說

這一招打不垮我的。
You cannot defeat me that way.

29.

我揉著疼痛的手腕，注視那個咧著嘴笑的木偶。

它也凝視著我，接著眨了眨眼。

它狂笑起來，笑聲蓋過了雷聲，蓋過了不斷敲打著屋頂的猛烈雨聲。

「這一招打不垮我的，奴隸！」小巴掌得意的喊道。

我後退一步，一股冷流竄下我的脊背，讓我渾身打了個冷顫。

我的計畫不管用。

我唯一的計畫。我最後的、孤注一擲的計畫，一敗塗地了。

我看見丹臉上失望的表情，那張紙片從他的指尖飄落地板。

「你們得付出代價！」小巴掌威脅道：「因爲你們妄想擊敗我，你們必須受

到懲罰！」

它用手撐著地板，爬起身來。

我向後退縮，卻看見其他的木偶動了起來。

所有的木偶——它們紛紛從椅子上滑了下來，爬下了沙發。

它們伸展著細瘦的手臂，彎曲著木頭做的大手。

它們搖頭晃腦，膝蓋彎曲，開始朝我們走來。

它們全復活了！十二個木偶，都被丹喊出的怪異咒語給喚醒了。

十二個木偶搖搖晃晃的朝著我和丹走來。

我們被困在中間。它們拖著笨重的鞋子，搖搖擺擺的逼近，我們被圍困在圈子當中。

它們的眼睛圓睜，直楞楞的盯著我和丹。

它們拖著步子，蹣跚的走來，動作僵硬，笑容好不冷酷。

它們將我和丹團團圍住。

這句英文怎麼說

它們每走一步，膝蓋就彎曲一下。
Their knees bent with each step.

30.

韋柏一拐一拐的走向我們，它缺損斑斑的大手往前伸出，準備抓住我們。露西也搖搖擺擺的走來，藍色的大眼睛閃著冰冷的光。阿尼則發出一聲高八度的尖笑，朝我們逼近。

越來越近。

丹和我慌忙轉身，但是我們沒路可走。無處可逃。

木偶的大鞋子重重刮著木頭地板。它們每走一步，膝蓋就彎曲一下，一副隨時會跌倒的樣子。

但是它們繼續逼近。搖頭晃腦，彎身屈膝，東倒西歪的往前走。

它們是活的。這些木頭生物，活生生的！

丹舉起雙手擋在臉前，彷彿在自我防衛。

我向後退了一步，但是我身後的木偶也逐步逼近。

我深吸了一口長氣，屏住呼吸。

然後等待。

等著它們的木頭手來抓我們。

當韋柏和阿尼搖搖擺擺的走過我身邊，我不禁大聲的抽了口氣。

所有的木偶都和我跟丹擦身而過。彷彿我們不存在似的。

我驚駭萬分的看著它們將小巴掌團團圍住。

我看見洛基揪著小巴掌的領子，看見露西抓住小巴掌的鞋子。

那圈木偶開始向內靠攏，逐漸收緊。

我看不見它們在對小巴掌做什麼，只見它們骨瘦如柴的手臂猛力拉扯、抽動，全都使出吃奶的力氣。

跟它扭打。

它們在把小巴掌撕成碎片嗎？

我看不見，但是我聽見小巴掌發出一聲恐怖的尖叫。

丹和我緊緊的抱在一起，看著眼前詭異的一幕。這看起來很像橄欖球賽時球員聚攏，只不過聚攏的是木偶。

這些木偶咕噥、咒罵，一邊整治小巴掌，一邊喃喃低語。

我們看不見被圍在中間的小巴掌。

我們只聽見它尖叫了一聲。

之後再也沒聽見它出聲了。

這時，我們聽見閣樓的門被推開了。

樓梯上響起腳步聲！

有人上來了。

這句英文怎麼說

丹和我緊緊的抱在一起。

Dan and I clung to each other.

31.

我捅了捅丹，示意他轉向樓梯。

當我們看見贊恩爬上閣樓時，不禁喊出聲來。贊恩瞇起眼睛，看著閣樓這頭的我們。

他看見那群扭打的木偶了嗎？他有沒有看見它們全都活了過來？

我回過頭——恰恰趕上看見木偶全癱成一堆。

「哇！」我喊道，心臟怦怦直跳。我眨了好幾下眼睛，不敢相信眼前的景象。

那十二個木偶全都毫無生氣的躺在地板上，手臂和腿亂七八糟的糾結在一起。嘴巴大張，眼睛空洞的瞪著低矮的天花板。

小巴掌四仰八叉的躺在中央，腦袋歪到一邊。我看見它眼眶中空洞的眼神，

這句英文怎麼說

它現在完全沒有生命了。
He was completely lifeless now.

看見它那咧開大嘴的木頭笑容。

它現在完全沒有生命了，就像所有其他木偶般毫無生氣。

那些木偶用什麼方法摧毀了它的魔性嗎？

小巴掌會永遠變成一塊死木頭嗎？

我沒時間細想。

贊恩快步走過閣樓，臉上怒氣沖沖，眼光落在那堆木偶上。

「逮到你們了！」贊恩對我和丹喊道：「活逮到你們兩個！正在策劃下一個詭計！我就知道全是你們兩個搞的鬼！我要告訴丹尼叔叔你們在幹什麼勾當！」

32.

當然，沒有人相信我和丹的說詞。

當然，每個人都相信贊恩。

我們陷入了這輩子最大的麻煩。丹和我被終生禁足了，我們或許要到四十幾歲才會獲准離開家門。

第二天，贊恩和卡爾伯父在前門向我們道別。雖然這麼說很不應該——但是丹和我都對贊恩的離去毫不難過。

「但願我再也不必到這兒來。」他在走廊上低聲對我說道。接著他對爸媽擠出一個大大的虛偽笑容。

「贊恩，你喜歡什麼樣的相機？」爸爸一隻手按著贊恩的肩膀，問道：「你

這句英文怎麼說

他對爸媽擠出一個大大的虛偽笑容。
He put on a big, phony smile for Mom and Dad.

的生日快到了，我想送你一台新相機當禮物。」

贊恩聳了聳他壯碩的肩膀，「謝謝，」他對我爸爸說：「其實我對攝影已經不再感興趣了。」

爸媽都訝異的揚起了眉毛。

「哦，那你喜歡什麼樣的生日禮物，贊恩？」媽媽問道：「你對別的什麼東西感興趣嗎？」

贊恩不好意思的垂下眼睛，看著地板。「嗯……我有點想當腹語表演者——像你一樣，丹尼叔叔。」

爸爸眉開眼笑，好不開心。

馬屁精贊恩拍馬屁拍進了他的心坎裡。

「也許你有多餘的木偶可以借給贊恩。」卡爾伯父提議道。

爸爸摩搓著下巴。「嗯……或許喲。」他轉向我：「崔娜，快到閣樓上去，挑個好的木偶給贊恩帶回家。不要挑那些舊的，選個好一點的，贊恩會喜歡的。」

「沒問題，爸爸。」我熱烈的回答。

我快步奔上閣樓，我希望他們沒看見我臉上那個大大的笑容。

你猜得出我挑了哪個木偶給贊恩嗎？

我知道這惡劣到了極點，但我實在別無選擇——不是嗎？

「這一個很不錯，贊恩。」一會兒後，我說道。

我將那個咧嘴笑著的木偶塞進贊恩的臂彎中。「它叫做小巴掌，我想你們兩個會相處融洽的。」

希望贊恩學習腹語術愉快！

但是我有預感，他或許會遇上一些麻煩。因爲，當贊恩抱著小巴掌上車時，我看見那木偶對我眨了眨眼睛。

通往我家閣樓的樓梯又窄又陡。
The stairs up to my attic are narrow and steep.

丹在我前頭爬上閣樓。
Dan reached the attic ahead of me.

有人沒關掉閣樓的燈。
Someone left the attic light on.

我會想像那些木偶在閣樓上走來走去。
I picture the dummies walking around in the attic.

你從頭到尾都知道爸爸在這兒？
Did you know Dad was here the whole time?

爸爸在這兒設了個小工場。
This is where Dad has his workshop.

我可以用木料填充液把它補起來。
I can fill that in with some liquid wood filler.

我想你唸顛倒了吧！
I think you read it upside down!

他打了我一巴掌！
He slapped me!

那是爸爸最愛說的一句話。
That's one of Dad's favorite expressions.

如果贊恩有點膽小，這也不是他能控制的。
Zane can't help it if he's a little timid.

我想我和丹是過分了點。
I think Dan and I went a little too far.

你看起來真的很吃驚。
You looked really surprised.

我也拍了不少靜物照。
And I take a lot of still lifes.

- 我快步向他奔去。
  I hurried over to him.
- 它的紅白條紋襯衫掀起了一半。
  His red-and-white striped shirt had rolled up halfway.
- 這個長相凶惡的木偶仰頭朝著我冷笑。
  The mean-looking dummy sneered up at me.
- 我彎下腰，將韋柏的蝴蝶領結拉正。
  I bent down and straightened Wilbur's bow tie.
- 我快步走向沙發。
  I stepped quickly up to the couch.
- 我拉住丹，讓贊恩一個人先下樓。
  I held Dan back and let Zane go down by himself.
- 他踉蹌的倒退幾了步。
  He stumbled backwards.
- 我在陌生的地方總是睡不好。
  I never sleep very well in new places.
- 我打從出生就住在這兒了。
  I've lived here all my life.
- 這表情真教人厭惡透了。
  Such a nasty expression.
- 我雙手緊緊握拳。
  I balled both hands into tight fists.
- 他從來沒辦法不笑出來。
  He could never keep a straight face.
- 我這正是我想知道的。
  That's what I'd like to know.
- 我聽見他上樓時一路上都在喃喃自語。
  I heard him muttering to himself all the way up the stairs.

幸好我是頭一個下樓的人。
How lucky that I was the first one downstairs.

他似乎沒聽見我的話。
He didn’t seem to hear me.

我們不能讓半點光線透進來。
We can't let in any light at all.

這些東西怎麼會跑到膠卷上？
How did these get on the roll?

我在它們面前來回踱步。
I paced back and forth in front of them.

它直挺挺的坐在沙發的中央。
He sat straight up in the center of the couch.

你在窺探我，對不對？
You were spying on me right?

是那台相機洩了底。
It was the camera gave it away.

我們會當場活逮到贊恩嗎？
Would we catch Zane in the act?

閣樓裡漆黑一片，比樓梯間還暗得多。
The attic stretched blacker than the stairway.

他迫不及待的傳閱洛基的照片。
He couldn't wait to pass around the photographs of Rocky.

我知道，木偶活過來了。
I knew the dummies had come alive.

我猛然抬頭，豎耳聆聽。
I jerked my head up, listening hard.

我不敢把身子抬得更高。
I didn't dare raise myself up higher.

我勉強說出話來。

I managed to choke out.

我看得出來他對自己得意極了。

I could see how pleased he was with himself.

贊恩將他的金髮往後拂開。

Zane brushed back his blond hair.

我們在池塘邊盤桓了一陣子。

We hung out at the pond for a while.

書架都被清空了。

The bookshelves had been emptied.

它朝我們冷笑著，像是在挑戰我們敢不敢進去。

He sneered at us as if daring us to enter.

沒有跡象顯示有人闖入房子。

There was no sign that someone had broken into the house.

它們在一片寂靜中舞著。

They danced in silence.

天花板上的燈亮了起來。

The ceiling light flashed on.

我長長的吁了口氣。

I let out my breath in a long whoosh.

我咬著下唇。

I bit my lower lip.

媽媽買了鮮花裝飾餐桌。

Mom bought flowers for the table.

這是贊恩最寶貴的財產。

It was Zane's most prized possession.

贊恩不可能會砸毀他自己的相機。

No way Zane is going to smash his own camera.

媽媽把頭埋進爸爸的臂彎裡。
Mom had her head buried against Dad's shirtsleeve.

這就是說服我贊恩是禍首的理由。
That's what convinced me that Zane was guilty.

反正也沒有人有胃口。
No one felt like eating.

一陣炫目的白光照亮整個房間。
The room flashed in an explosion of white light.

我們兩個同時往那木偶撲去。
We both made a dive for the dummy.

爸爸「嘖嘖」兩聲，搖了搖頭。
Dad tsk-tsked and shook his head.

我對你們兩個失望透了。
I'm so disgusted with both of you.

我仍然不敢相信這是真的。
I still couldn't believe this was happening.

我跟那個醜傢伙玩得挺樂的。
I had some fun with that ugly guy.

小巴掌一定是看出了我的心思。
Slappy must have read my thoughts.

我將它的兩條腿綁在一起。
I had his legs tied around each other.

銀色的月光照亮了那口石砌的古井。
The silver moonlight lit up the old stone groaned.

那邪惡的東西永遠消失了。
The evil thing is gone for good.

我已經煮好咖啡了。
I've got coffee ready.

丹和我癱坐在起居室的沙發上。
Dan and I slumped on the couch in the den.

我朝下凝視著那尊邪惡的木偶。
I peered down at the evil dummy.

我能夠不驚醒小巴掌而把它抽出來嗎？
Could I pull it out without waking up Slappy?

小巴掌的手始終不曾放鬆。
Slappy didn't loosen his hold.

這一招打不垮我的。
You cannot defeat me that way.

它們每走一步，膝蓋就彎曲一下。
Their knees bent with each step.

丹和我緊緊的抱在一起。　　。
Dan and I clung to each other.

它現在完全沒有生命了。
He was completely lifeless now.

他對爸媽擠出一個大大的虛偽笑容。
He put on a big, phony smile for Mom and Dad.

鄰屋幽靈

The Ghost Next Door

有關那個男孩的一切是那麼的神祕……

漢娜今年的暑假過得很沒趣，直到有一天，
她發現隔壁的空房子有人住了，而且還是個小男孩。
但是昨晚房子還是空的啊？他們是什麼時候搬來的？
那個男孩總是突然出現、又莫名其妙消失。
而且，他臉色是那麼的蒼白，從屋頂摔下來都毫髮無傷。
這究竟是怎麼回事？漢娜有了奇怪的猜想……

隱身魔鏡

Let's get invisible

這種被「無視」的方式眞嚇人……

麥斯生日那天，在閣樓裡發現了一面神奇的鏡子，
這面鏡子居然能讓他隱形！
麥斯和朋友開始玩起隱形的遊戲，直到麥斯驚覺
他們玩過火了，因爲如果隱形時間稍微久一點，
他們就會越來越難回復原來的模樣……
下一次麥斯如果再隱形，會是永遠嗎？

每本定價 199 元

雞皮疙瘩系列 19

木偶驚魂Ⅲ

原 著 書 名──Night of the Living Dummy Ⅲ
原 出 版 社──Scholastic Inc.
作　　　 者──R.L. 史坦恩（R.L.STINE）
譯　　　 者──孫梅君
責 任 編 輯──劉枚瑛、何若文

國家圖書館出版品預行編目（CIP）資料

木偶驚魂Ⅲ / R. L. 史坦恩 (R. L. Stine) 著；孫梅君 譯 .
-- 2 版 . -- 臺北市：商周出版：家庭傳媒城邦分公司發行，
民 105.01 184 面；14.8 x 21 公分 . --（雞皮疙瘩系列 ;19)
譯自 :Night of the Living Dummy Ⅲ
ISBN 978-986-272-955-7(平裝)
874.59　　104027336

版　　　 權──翁靜如、吳亭儀
行 銷 業 務──林彥伶、石一志
總　編　輯──何宜珍
總　經　理──彭之琬
發　行　人──何飛鵬
法 律 顧 問──台英國際商務法律事務所 羅明通律師
出　　　 版──商周出版
臺北市中山區民生東路二段 141 號 9 樓
電話：(02) 2500-7008 傳真：(02) 2500-7759
E-mail：bwp.service @ cite.com.tw
發　　　 行──英屬蓋曼群島商家庭傳媒股份有限公司城邦分公司
臺北市中山區民生東路二段 141 號 2 樓
讀者服務專線：0800-020-299 24 小時傳真服務：(02)2517-0999
讀者服務信箱 E-mail：cs @ cite.com.tw
劃 撥 帳 號──19833503 戶名：英屬蓋曼群島商家庭傳媒股份有限公司城邦分公司
訂 購 服 務──書虫股份有限公司客服專線：(02)2500-7718；2500-7719
服務時間：週一至週五上午 09:30-12:00；下午 13:30-17:00
24 小時傳真專線：(02)2500-1990；2500-1991
劃撥帳號：19863813 戶名：書虫股份有限公司
E-mail：service@readingclub.com.tw
香港發行所──城邦（香港）出版集團有限公司
香港 灣仔 駱克道 193 號東超商業中心 1 樓
電話：(852) 2508-6231 傳真：(852) 2578-9337
馬新發行所──城邦（馬新）出版集團
Cité(M) Sdn. Bhd. 41, Jalan Radin Anum,
Bandar Baru Sri Petaling, 57000 Kuala Lumpur, Malaysia.
電話：(603)9057-8822 傳真：(603)9057-6622
商周出版部落格──http://bwp25007008.pixnet.net/blog
政院新聞局北市業字第 913 號

美 術 設 計──王秀惠
印　　　 刷──卡樂彩色製版有限公司
經　銷　商──聯合發行股份有限公司 新北市 231 新店區寶橋路 235 巷 6 弄 6 號 2 樓
電話：(02)2917-8022 傳真：(02)2911-0053

■ 2005 年（民 94）07 月初版
■ 2020 年（民 109）06 月 04 日 2 版 2 刷
■ 定價 / 199 元

ISBN 978-986-272-955-7

Printed in Taiwan
城邦讀書花園
www.cite.com.tw

廣　告　回　函
北區郵政管理登記證
台北廣字第000791號
郵資已付，免貼郵票

104 台北市民生東路二段 141 號9 樓
城邦文化事業（股）有限公司
商周出版 收

請沿虛線對摺，謝謝！

Goosebumps
雞皮疙瘩

商周出版

書號：BG7059　書名：**木偶驚魂III**　編碼：

商周出版

讀者回函卡

謝謝您購買我們出版的書籍！請費心填寫此回函卡，我們將不定期寄上城邦集團最新的出版訊息。

姓名：＿＿＿＿＿＿＿＿＿＿＿＿ 性別：□男 □女

生日：西元 ＿＿＿＿ 年 ＿＿＿＿ 月 ＿＿＿＿ 日

聯絡地址：＿＿＿＿＿＿＿＿＿＿＿＿

聯絡電話：＿＿＿＿＿＿＿＿ 傳真：＿＿＿＿＿＿＿＿

E-mail：＿＿＿＿＿＿＿＿＿＿＿＿

學歷：□1.小學 □2.國中 □3.高中 □4.大專 □5.研究所以上

職業：□1.學生 □2.軍公教 □3.服務 □4.金融 □5.製造 □6.資訊
□7.傳播 □8.自由業 □9.農漁牧 □10.家管 □11.退休 □12.其他
＿＿＿＿＿＿＿＿＿＿＿＿

您從何種方式得知本書消息？
□1.書店 □2.網路 □3.報紙 □4.雜誌 □5.廣播 □6.電視 □7.親友推薦
□8.其他＿＿＿＿＿＿＿＿＿＿＿＿

您在哪裡購買本書？
□1.金石堂（含金石堂網路書店） □2.誠品 □3.博客來 □4.何嘉仁
□5.其他＿＿＿＿＿＿＿＿＿＿＿＿

您喜歡閱讀的小說題材是？
□1.浪漫 □2.推理 □3.恐怖 □4.歷史 □5.科幻/奇幻 □6.冒險
□7.校園 □ 8.其他＿＿＿＿＿＿

您最喜歡的小說作家？
華人：＿＿＿＿＿＿＿＿ 國外：＿＿＿＿＿＿＿＿

最近看過最好看的小說是哪一本？
＿＿＿＿＿＿＿＿＿＿＿＿

Goosebumps®

Goosebumps®